全民微阅读系列

请听清风倾诉

何君华　著

江西高校出版社

图书在版编目（ＣＩＰ）数据

请听清风倾诉/何君华著. —南昌:江西高校出版
社,2017.9(2020.2 重印)
（全民微阅读系列）
ISBN 978 - 7 - 5493 - 5878 - 6

Ⅰ. ①请… Ⅱ. ①何… Ⅲ. ①小小说—小说
集—中国—当代 Ⅳ. ①I247.82

中国版本图书馆 CIP 数据核字（2017）第 215530 号

出 版 发 行	江西高校出版社
社 址	江西省南昌市洪都北大道 96 号
总编室电话	(0791)88504319
销 售 电 话	(0791)88592590
网 址	www. juacp. com
印 刷	永清县晔盛亚胶印有限公司
经 销	全国新华书店
开 本	700mm×1000mm 1/16
印 张	12.5
字 数	180 千字
版 次	2017 年 10 月第 1 版
	2020 年 2 月第 2 次印刷
书 号	ISBN 978 - 7 - 5493 - 5878 - 6
定 价	36.00 元

赣版权登字 -07 - 2017 - 1021

目录

礼拜二午睡时刻

嘴唇就要裂开的时候,背包客突然发现牧民阿拉坦乌拉家的毡房没有上锁。

水壶里早已经没有一滴水,要不是渴得实在难以忍受,背包客是不会有失礼貌地闯进牧民阿拉坦乌拉家的。背包客一推开门就发现炉子上有一壶还冒着热气的奶茶,他犹豫了一下,但是很快他就把茶壶拎了起来,像刚跑了一千里戈壁的老马一样一口气把奶茶喝了个精光。

背包客在桌上放下二十块钱,又觉得不妥,还是觉得应该等主人回来。

这一等就是一天。

阿拉坦乌拉带着他的羊群跑到遥远的乌日更草场去了,直到天完全黑下来才慢悠悠地回了家。

背包客听见屋外的动静,连忙起身走了出来。背包客抱歉地说:"老大爷,实在对不起,我见你家没有锁门,冒昧闯了进来,请你原谅。"

阿拉坦乌拉并不理会背包客的解释,自顾自把羊群赶进羊圈。

背包客以为主人生气了,只能像一棵秋天的马连草一样局促地站在那里。

等安顿好羊群,主人终于说话了:"什么是锁?"

背包客这才发现，主人的门上根本没有锁。

主人的话让背包客彻底震惊了。这简直令人难以置信，人类已经走到二十一世纪，竟然还有人不知道什么是锁。背包客试图给主人解释一番什么是锁，但是他马上陷入了困境，他发现给一个没见过锁的人解释什么是锁无异于给一个没见过马的人解释什么是套马一样困难。他只能勉强解释说，锁是一种工具，把它安装在门上别人就进不来，只有用钥匙才能把它打开。一把锁只有一把钥匙，一把钥匙只能打开一把锁。

主人马上摇了摇头："那怎么行？那肯定不行。"

背包客说："那怎么不行？那样的话别人就进不来了呀。"

"那怎么能行呢？那路过的牧民们口渴了就没有水喝了呀。万一碰到风雪天，上哪里找马奶酒暖身子去？累了上哪里休息？"主人不解地问背包客。

原来，主人房门大开就是为了方便像背包客这样的口渴者进来"偷"水喝呀。

背包客无言以对，更加无地自容。

"我们早晨从东边出发出去放牧，到了晚上则从西边回来，中间要走很远的路，不饿不渴不疲乏是不可能的，铁打的汉子也不可能。"阿拉坦乌拉比画着说。

"为什么不从同一个方向回来呢？"背包客不解地问。

"成吉思汗说，我们不能在同一天内两次践踏同一片草场。长生天赐给我们辽阔的草原，是赐福给我们，不是用来糟践的。"

主人生起了火，问背包客："年轻人，在这里住一晚吧？"

"好。谢谢！"背包客兴奋地说，又补了一句，"打搅了。"

吃晚饭的时候，背包客还是不甘心——阿拉坦乌拉老人怎么能没见过锁呢，这简直太让人难以置信了，于是问道："你们这里所有的牧民都不上锁吗？就不怕东西被偷？"

"为什么要偷呢？每一个哈丹巴特尔草原的蒙古人都有手有脚啊。"主人不解地反问。

"可是你不怕别人进来把你的东西吃光喝光？"

"我也会吃光别人的呀。我今天跑了趟乌日更草场，就在那里饱餐了一顿。"主人哈哈大笑。看起来，他对今天的伙食很满意。

躺在阿拉坦乌拉老人家暖和的床上，背包客失眠了。背包客万万没想到草原上的牧民们竟然不知锁为何物，用阿拉坦乌拉老人的话说——门只是用来抵御风寒而不是用来防贼的，这简直太不可思议了。

第二天早上告别阿拉坦乌拉老人，背包客又不甘心地走了几户牧民家，结果真的像老人说的那样，每一户都是家门洞开！

背包客彻底被眼前的场景震撼了。很快，背包客写的游记《哈丹巴特尔草原上的奇迹》就发表在了全国发行量最大的旅游月刊《旅游者》上。一时间，更多的驴友像蜜蜂一样涌向了哈丹巴特尔草原。

背包客再次来到哈丹巴特尔草原已经是一年以后的事情。这回他看到了更加令人震惊的场面——家家户户都上了锁！

他迫不及待地找到阿拉坦乌拉家，想弄明白这一年来究竟发生了什么。

阿拉坦乌拉老人家里竟然也上了锁——一只油绿的梅花挂锁在阳光下分外刺眼。

"刚开始是朝克图家的茶壶丢了。很快，哈斯额尔敦家传了三代的雕花马鞍也丢了，"中午时分骑马归来的阿拉坦乌拉老人无奈地说，"我的皮靴也丢了，马镫也丢了。"

"家家户户都上了锁。这不,我只好骑马走这么远的路回家吃饭。"老人不高兴地说。

此刻正是哈丹巴特尔草原上的礼拜二午睡时刻,背包客没有一丝困倦,但是比任何时候都要更加口干舌燥。他有一股想打人的冲动,但是终于什么也没做。他只是孤独地站在那里,像一个永恒的忏悔者。

梦的河岸

雨声渐大的时候,爷爷怀揣一把斧头钻进了竹林。

这不是爷爷第一次剁竹子,但冒这么大的雨还是第一次。

要不趁这一场大水把竹子卖掉,今年也许再也没有机会卖了。想到这里,爷爷就把胳膊抡得更圆,斧头也扬得更高了。豆大的汗珠一颗颗地从他的额头上冒出来,他的脸上已经分不出哪里是汗水,哪里是雨水。

雨来得实在有些急,要不也用不着这么急火火地来剁竹子啊。

等到所有比碗口粗的竹子都被伐倒之后,爷爷站在山岗上喊来了我百无一用的父亲。很快,他们便抄起柴刀开始砍竹枝。竹子我是砍不动的,但我以为竹枝应该不成问题。我捡起父亲丢在地上的柴刀(他刚砍了半袋烟的工夫就累得瘫坐在地上),学爷爷的样子一手提住竹枝一手抡起柴刀——我还是高估了我的能力——竹枝稳稳当当地长在竹子上,没有丝毫要脱落的意思。

我懊恼地踢了一脚竹子,气咻咻地把柴刀丢还给父亲。父亲只得重新站起来,加入劳动的行列。

很快,所有被伐倒的竹子都褪去了竹枝,光溜溜地躺在瘦了一半的竹林里。

没有任何休息,爷爷和父亲便开始把竹子一棵棵地往黑水河南岸扛。我捡起地上的几支竹枝,试图证明我也能帮上一些忙,但爷爷很快就制止了我:"那是不用搬的,等天晴晒干了,捆回去做柴烧。"

我只好两手空空地跟在爷爷后面。那个上午,我戴着大得夸张的斗笠跟在爷爷屁股后头,一趟趟地往返于竹林和黑水河南岸之间。

用我奶奶的话说,我简直就是我爷爷不离身的影子。我对奶奶的话坚信不疑。

等所有的竹子都扛到了河边,爷爷便开始拿绳子捆它们。爷爷让父亲紧紧捉住竹子,然后用绳子一匝匝地捆紧了它们。很快,一只大竹筏便在爷爷手下做成了。

爷爷要赶在天黑之前到黄龙乡把竹子卖掉。

爷爷撑起竹篙,像老虎一样跳上竹筏。我叫嚷着要和爷爷同去,父亲不容置疑地喝止了我。

要不是这样一场大雨,黑水河肯定载不起这样一捆竹子,何况身宽如牛的爷爷还摇摇晃晃地站在上面。我替爷爷捏了把汗。

雨还没有停的意思。河水越来越黄,河岸越来越低。很快,爷爷便像游水的青鱼一样消失在我踮起脚也看不见的黑水河尽头。

有人站在对岸大声逗我:"细箩,你爷被黑水河吞了。"

我板起脸回敬道:"你爷才被黑水河吞了。"

"才箩大个东西就学会骂人！"对岸的人自讨没趣，只好粗声粗气地骂回来。

我再不理他。

我爷爷是黑水河的河神，怎么会被黑水河吞掉呢？想也不用想。

我曾不止一次听过爷爷在黑水河的传奇。最有名的，莫过于爷爷在河里徒手捉起过一条一百三十一斤的大青鱼。

那个时候我还没有出生。黑水河暴发百年一遇的大水，所有人都冲到河里下网捕鱼。突然，爷爷下的网被狠狠蹬了一下，爷爷意识到肯定网住了个"大家伙"，立即拎起网来。爷爷一眼便看见了一条硕大无比的鱼尾巴。还来不及反应，爷爷便被鱼拖进了黑水河里。接下来，令岸上所有人都瞪大双眼的一幕发生了。但见我爷爷捉着青鱼的两鳍（有人说是两腮）骑在青鱼背上在黑水河里游上游下，激起的水花高过人头——我爷爷在黑水河里开起了摩托艇，这是多年后我在一部香港影碟里看到的场景，我一下就想起了当年我年轻气盛的爷爷，我确信我爷爷当年跟影碟里的人一样酷劲十足。

有人数了数，爷爷骑在青鱼身上足足游了二十三圈。最后，筋疲力尽的爷爷终于把青鱼甩上了岸。爷爷像刚把完十亩田一样大口喘着粗气，青鱼则僵死在岸上一动不动——原来，爷爷搞掉了它的腮。何铺街上卖肉的朱屠户当即拿来秤，两个人架起扁担一秤，整整一百三十一斤！

这是迄今为止黑水河最大的一条鱼。人们都说我爷爷捉起了黑水河的鱼精。我爷爷是连鱼精都捉起过的人，怎么会被黑水河吞掉呢？

可是，还是被对岸那个家伙的说中了。我爷爷从此再也没有回来。父亲和他的叔伯兄弟沿着黑水河寻了一个月，连爷爷的影子也没有寻到。

嚼舌头的开始把爷爷多年前捉住大青鱼的事情搬出来，说鱼精阴魂不散，回来把我爷爷捉去了。我才不信他们的鬼话。我相信爷爷只是找个地方躲了起来，总有一天还会回来。

直到有一天，奶奶突然说爷爷托梦给她，告诉她他在一条河岸上。人们问她是哪一条岸。她说既不像是黑水河北岸，也不像是南岸，因为岸上既没有成片的麦林，也没有成片的稻林，只能说是第三条岸。

奶奶还说那条岸上有一片花的海洋。

所有人都以为奶奶疯了。只有我相信她说的是真的。大人们不肯相信一条河会有第三条岸，就像他们从来都不肯相信一只山羊也会唱歌一样。

我讨厌这帮傲慢无理的大人，并且下决心不再搭理他们。我发誓等我长大，我就会像一条鱼一样游过去看我的爷爷。我爷爷一定就在那条开满鲜花的河岸上欢快地望着我，就像望着他不离身的影子一样。

白象似的群山

往常这个时候站在桂花树底下等邮递员的人是母亲，但今天是我。

老师说，如果下个星期我还没有字典的话，就不要去学校了。

班上每个同学都有了一本棕色封皮的《新华字典》，除了我。现在，我比母亲更需要一张汇款单。

每个月初，父亲都会从遥远的浙江寄一张汇款单回来。母亲的化肥、爷爷的中药和我的学费都要指望这张小小的汇款单。

每个星期五的下午邮递员都会骑着自行车从镇上赶来，交给我们来自远方的信件、报刊和包裹，当然还有绿色的汇款单。

我们偶尔也会到镇上去，但并不总是有这样的机会。每逢收到汇款单，通常都是母亲带着身份证独自到镇上唯一的邮局去取现金，但有时她也会带上我和弟弟。如果她愿意带上我和弟弟，就说明我们又要到照相馆去照相了。我和弟弟就会高兴得像大同水库里的鲤鱼一样蹦起来，兴高采烈地跟在母亲后面跳个不停。

我们一大早就出发，上午去照相，中午要在镇上吃一顿大餐。吃大餐——这正是我和弟弟欢喜不已的原因。我们终于又能吃到久违的油条和炸饼了——我当时以为那是全世界最好吃的食物，这世上不可能再有更好吃的东西了。我和弟弟总是舍不得一口气吃完，往往要拿在手里带回家去，在小伙伴面前骄傲地一小口一小口地吃。我们的照片总是洗两张，一张放在家里的相框中，一张要随信寄给远在浙江的父亲。母亲说："你们一天一个样，哎，这都半年了，你爸也不知道你俩又长高了多少。"母亲一边说着，一边仔细地用早就写好的信纸把照片包起来，还一定要亲眼盯着营业员糊好封口贴上邮票才放心。

今天就是星期五，邮递员叔叔一定会来的。我站在桂花树底下焦急地等待着，时不时地踢起树底下的小石子。实在等不及了，我还跑去清溪桥头看过两次。

清溪桥头是镇上到村里唯一的路口，邮递员叔叔每次就是从

全民微阅读系列

这里摁着车铃到我家门口的。令人失望的是，即使我跑到了这里，也依然没有看到邮递员的半点踪影。我只好沮丧地往回走，母亲抱着一捆柴火过来对我说："天都这么黑了，今天邮递员大概是不会来了吧。再说，今天才是月底，你爸要到月初才会汇款回来呀。"

我不理会母亲的话，仍是痴痴地站在桂花树底下等。母亲没有办法，抱着柴火进屋了。

天越来越黑，月亮也升了起来。我一抬头，一片雪花蓦地飘落到我身上。我这才发现，根本不是月亮升了起来，而是下起了大雪。大雪纷纷扬扬，很快就将漆黑的乡村染成了白色。我心想，突然下起这么大的雪，邮递员叔叔肯定不会来了。我不得不懊恼地往家里走去。就在我转身的一瞬间，一阵翠鸟般的悦耳铃声传进了我的耳朵，邮递员叔叔来了！

那是我再熟悉不过的自行车铃声了。我迈开步子跑向蜿蜒透迤的乡村公路，群山像白象一样涌向我的眼前。果然，一辆雪白的自行车像白鸽一样向我飞来。是的，那就是邮递员叔叔的自行车。他正冒雪向我骑来。不，与其说是骑，不如说是踩着滑雪板向我飞来。他的身上已经落满雪花，一如去年冬天我和弟弟一起堆的那个巨大的雪人。他骑到我跟前，不停地解释："隔壁几个村子信件多，又下了雪，所以来晚了，实在对不起。小弟弟，有你家的汇款单……"

那是二十世纪九十年代的事了，二十年弹指一挥，我依然记得那个遥远的冬日傍晚，记得那个在树荫下躁动地踢着石头子的少年，记得那白象似的群山，群山下的乡村公路上，那个雪人般的邮递员叔叔骑在自行车上像白鸽一样飞……

如果在冬夜，一个旅人

离家还有七八里路的时候，中巴车还是抛锚了。像一个突发心肌梗死的老人，趴在寂静的山村公路上再也不肯动弹。

乘客早就质疑这破车不行，哐当哐当地，路上肯定要出问题。司机叼着烟说："坐不坐？不坐拉倒，哪儿那么多废话？"乘客们一个一个都上去了，徐刚也跟着上去了。因为除了这辆破车，镇上实在看不到任何一辆车的影子。

果不其然，车坏了。司机又叼起一支烟，冲车里仅剩的四个乘客喊道："都走吧，车动不了了。"

徐刚只得拎着行李疲倦地走下车。漫天飞舞的大雪依然在跳跃，大地早已经被染成了白色，白茫茫一片分外耀眼。

村庄霍地胖了一圈。

已经是除夕夜的十点钟了，当然不会再有任何一辆车来。徐刚只能拎着行李往家的方向走。

这次过年徐刚本来是不打算回来的。徐刚在电话里对娘说："娘，我过年不回来了，工地不放假。"

娘说："儿，回来吧。"

隔了一天徐刚又给娘打电话："娘，火车票不好买。我去了车站一趟，没买着。"

娘说："儿，回来吧。"

娘反反复复就是一句话，徐刚只好决定回来。

包工头跑了。徐刚一年白干了，这个年他怎么过？

徐刚一个人慢悠悠地走在乡村公路上，心里盼望着早点到家，又盼望着永远走不到家。一年到头，两手空空，怎么面对娘呢？

或许是雪压断了电线，公路穿过的村庄竟没有一户人家亮着灯。徐刚的心情也似这寒冷的村庄一样降到了冰点。

徐刚虚无地朝前走着。没有一个人知道他此刻正走在回家的路上，除了娘。此刻娘一定站在屋门口等他，想到这里，徐刚赶紧加快了脚步。

所有的鸟都躲了起来，四周一片寂静，只有徐刚踩在雪地上的脚步嘎吱作响。终于，他走到了青石桥头。

过了青石桥头就是家。徐刚没有加快步伐，反而减慢了步子。他又犹豫起来："怎么面对娘呢？"

这时桥头的一座白色雕像突然开口说话了："是我的儿吗？"

徐刚吓了一跳，但马上听出那是娘的声音。娘在青石桥头站成了一座白色雕像。

"娘，是我。"徐刚连忙扔下行李，掸掉落在娘头上和身上的雪花。

"娘，怎么不在家里等？"徐刚责问道。

"我来望我的儿呀。儿，你回来了啊。"娘摸徐刚的脸。娘的手在颤抖。

徐刚握着娘的手说："娘，我们回家吧。"

娘说："儿，我们回家。"

徐刚远远地看到了山坳上家里的灯。那是一盏微弱的、昏黄的、跳跃着的煤油灯，整个雪夜里唯一的一缕光。

徐刚和娘坐在灯光下吃饺子。

徐刚说:"娘,包工头跑了。"

娘把饺子夹到徐刚碗里。娘说:"儿,吃饺子。"

徐刚说:"娘,我一年白干了。"

娘把饺子夹到徐刚碗里。娘说:"儿,吃饺子。"

好像这些都不是娘关心的,娘反反复复就是一句话:"儿,吃饺子。"

双梦记

陶格斯哥哥终于答应带我去找他在牧区的同学必力格玩,这实在令我兴奋不已。我欢快地跟在他的身后,像一匹兴高采烈的小马驹一样活蹦乱跳。

我们走啊走,不知道走了多久,才终于看见必力格哥哥家的毡房。我在巴音布和生活了这么久,还是第一次看见毡房。我从来不知道在离我们城市这么近的地方竟然还有毡房。

我想我今天简直要大开眼界。

对于我们的忽然到访,必力格哥哥颇感意外,但他很快便像每一个好客的蒙古人一样热情地招待了我们,毫不吝啬地拿出了奶茶、炒米和乌日莫。我当然像精力旺盛的小马驹一样毫不客气地拿起来就吃。很快,我就吃饱了,而且是像白音胡硕夏牧场的小马驹一样吃饱了,因为我一眼就看见我的小肚子像阿尔山的敖包一样隆了起来。

鉴于我目前的糟糕状况,必力格哥哥立即提议去恩和草场走一走,好让我消消食。我十分愉快地接受了他的提议,可是我已经不能像兴高采烈的小马驹一样活蹦乱跳了,我只能像漫画书上的澳大利亚袋鼠一样挺着大肚子慢腾腾地走。这简直太辜负眼前这片碧绿的青草了,如果可以,我当然要像没管教的南风一样一路抚摸着小草的"头发"向北冲去。

我小心翼翼地坐在青草地上,轻轻地,生怕踩伤了苍翠欲滴的小草们,更怕搞乱了它们刚刚梳好的"发型"。我情不自禁地躺下来,阳光像妈妈刚蒸的白馍一样晃眼,我只能像慈祥的乌云达来老喇嘛一样充满智慧地闭上眼睛。不知不觉竟睡着了。

等我被一阵风惊醒时,我沮丧地发现自己竟躺在自家的小床上,这实在太没劲了,我还没玩够呢。

我简直气坏了。我决定去找陶格斯哥哥,求他再带我去必力格哥哥家一趟。

我像躲避苍鹰的野兔一样疯跑,满脸通红地跑去陶格斯哥哥家。陶格斯哥哥的额吉阿茹娜婶婶十分有耐心地告诉我,陶格斯哥哥上学去了。

我只好垂头丧气地往回走。但我并不甘心。我坚信即使没有陶格斯哥哥的陪伴,我一样可以找到必力格哥哥的家。我开始了人生中的第一次独自远行,坚定地迈出了步伐。

我兴奋地走着,丝毫不知疲倦,只听见耳畔的风像永不停歇的海浪一样呼啸而来,这感觉好像我正坐在一艘绿色的帆船上,而我的船正驶向大海深处。

我还是高估了自己的能力,我根本没有记住去必力格哥哥家的路。或者说,我根本就没有记路,牵着陶格斯哥哥的手,我还用得着记路吗?更加令人沮丧的是,你拿草原上的路根本没有办法,你往哪个方向走都是一模一样的万顷碧绿,你往哪个方向走都是毫无二致的一望无际。

这简直太令人崩溃了。我不得不气咻咻地铩羽而归。可是我必须像每一个不达目的誓不罢休的博克手一样勇敢顽强，我决定去陶格斯哥哥家等他放学，我想等向他问清了路再走也不迟。

等啊等，时间像套马手甩出的套马杆一样漫长，陶格斯哥哥终于挎着书包回来了。我急不可耐地跑上去大声问道："陶格斯哥哥，你能不能告诉我，必力格哥哥家怎么走？"

陶格斯哥哥一脸不解地反问我："谁是必力格？"

我惊讶地说："他是你同学呀，我们不是刚刚还去过他家吗？他家有一间大大的毡房，还有一片大大的草原。"

"我压根就没有叫必力格的同学，"陶格斯哥哥肯定地说，"你肯定是搞错了，我们这里荒漠化已经很久了，哪里还有什么草原跟毡房……"

我急得简直要跺脚，刚要开口争辩，我就醒了。我抬头看天，太阳像勤快的苍鹰一样早就爬得老高啦。

一桩被预言应验的死人事件

从一串混乱不堪的噩梦中醒来之后，阿尔伯塔·西蒙德斯老太太突然神秘兮兮地说道："七天之内，村庄里将会有人死去。"

很快，阿尔伯塔·西蒙德斯老太太早起后的这第一句话就传遍了整个科罗拉多村。"疯老婆子阿尔伯塔·西蒙德斯说，七天之内村子里就要死人啦！"人们奔走相告。

大多数人倾向于认为阿尔伯塔·西蒙德斯老太太说的是疯话,但仍然有人将十年前的一桩旧事重提,认为对于阿尔伯塔·西蒙德斯老婆子的话不可大意。这桩旧事就是阿尔伯塔·西蒙德斯老太太准确地预言了科罗拉多村的一场洪灾。那场洪水卷走了科罗拉多村十几户人家的二十多头牲口和六条人命。在洪水突然到来之前的晌午时分,阿尔伯塔·西蒙德斯老太太曾挨家挨户通知了这一灾难即将到来。但悲剧的是,没有一户人家愿意听从阿尔伯塔·西蒙德斯老太太耐心的规劝,照样坐在自家屋里优哉游哉。阿尔伯塔·西蒙德斯老太太对此痛心不已,只能眼睁睁看着洪水肆虐,不断劈开破旧的房屋并卷走惊恐的人群。好在诸多村民都是靠下河捕鱼为生,多数都是游泳的好手,他们救起了慌乱的落水者,但还是可惜了几名老人、妇女和婴儿的性命。人们耗费半年的时间重建了科罗拉多村,一部分人也就此建立了对阿尔伯塔·西蒙德斯老太太的迷信。他们认为阿尔伯塔·西蒙德斯老太太是一个能与上帝对话的人,她能够知晓一些未来的事物。但多数人并不以为然,他们认为阿尔伯塔·西蒙德斯老太太只不过刚好路过北部的村庄,看到了山谷后面疯涨的河水而已,哪里有什么预知未来的本事。

村庄里迷信阿尔伯塔·西蒙德斯老太太的人开始人心惶惶,他们认为老太太的预言终将应验。他们纷纷将自己脱得一丝不挂,仔细查看身体的每一部分,确信身体的任何一部分都运转自如才放下心来。公开宣称不相信阿尔伯塔·西蒙德斯老太太的人们也暗地里检查了自己的身体。尽管口头上不信,但谁不害怕倒霉的命运降临到自己头上呢,还是小心为好。

所有的科罗拉多人都坚信自己是健康的。所有的科罗拉多人都相信如果阿尔伯塔·西蒙德斯老太太的预言应验的话,那么死去的人必将是老村长那塔利西奥·桑托斯。因为那塔利西奥·桑托斯老村长已经在十八年前中风偏瘫,他已经在他那张陈旧的木床上整整躺了十八年,病魔也该把他带走了。

然而很快有人意识到,能夺走生命的并非只有病魔。还有很多其他并不少见的意外事件也能夺人性命,比如溺水事件,比如从山坡上跌下来,如此等等。于是大家默契地待在家里闭门不出。不去下河捕鱼总不至于溺死吧?不去爬山采果总不至于跌死吧?很快又有人意识到,待在家里也并非十全之策。因为还有令人胆寒的山体滑坡和地震。

很快,几乎所有人都同时想到了一个理想的避难场所——村子中间的自由广场,没有比这个更好的去处了。

人们纷纷像蜜蜂一样涌向自由广场。大家相互打着招呼在广场上住了下来。值得一提的是,这些来到广场上的人们不仅包括笃信阿尔伯塔·西蒙德斯老太太的人,也包括那些口头上不信的人。毕竟,谁也不愿意被不可知的可怕的命运迎头赶上。

最后,就连阿尔伯塔·西蒙德斯老太太本人也来到了广场上。不过,这并非出于她的本意,她是被她的孙子何塞·西蒙德斯强行背来的。

整个科罗拉多村唯有一个人没有来到自由广场,那就是那塔利西奥·桑托斯老村长。他瘫痪在床,不可能徒步走来。人们据此相信,如果阿尔伯塔·西蒙德斯老太太的预言果真应验的话,那么必定是那塔利西奥·桑托斯老村长死亡无疑。人们进一步推断,导致那塔利西奥·桑托斯老村长死亡的原因除了疾病以外,还有可能就是与房屋倾倒有关,那不是山体滑坡就是地震。人们对此心知肚明,但没有一个人提出把那塔利西奥·桑托斯老村长抬到广场上来。人们仿佛已经商量好了让那塔利西奥·桑托斯老村长赴死,好让全村人躲过悲惨的命运。有年轻人甚至每天清晨第一件事就是跑去那塔利西奥·桑托斯老村长家查看他有没有死去,可每天早晨老村长都睁着溜圆的双眼神采奕奕,丝毫没有死去的迹象,年轻人只好摇着头沮丧地重新走回广场。

　　人们就这样忧心忡忡地在自由广场上住下了,直到第七天晚上,人们的脸上才开始有了笑逐颜开的喜色。截止时间就要到了,马上就要躲过阿尔伯塔·西蒙德斯老太太的死亡预言了,有人开始跳起了欢快的舞蹈,有人欢呼着爬上了广场中央的奥雷里亚诺·布恩迪亚将军雕像。就在这个时候,悲剧性的一幕发生了,从未有人攀爬过的奥雷里亚诺·布恩迪亚将军雕像很快倾倒下来,砸向了坐在雕像底部的人群,可怜的人们来不及躲闪就被碾成了肉饼。

　　人群里的阿尔伯塔·西蒙德斯老太太急得直跺脚:"你看,我就说要死人吧! 天哪,我的上帝!"

　　人们从雕像下面清理出六具血肉模糊的尸体。阿尔伯塔·西蒙德斯老太太的预言果真应验了。从此,科罗拉多人对阿尔伯塔·西蒙德斯老太太笃信不移,她成了与神平起平坐的人。

桥边的老人

　　如果赶不上清溪桥头的渡船,我们就不得不步行十几里山路去镇上上学。这显然不是我们想要的结果,我们总是早早备好书包、大米和一个星期的腌菜,坐在大同水库岸边等渡船到来。

开渡船的驾船佬总是最后一个来。仿佛知道我们无论等多久都会继续等下去似的,驾船佬总是慢悠悠地把船锚抛上岸,眯缝着眼睛看我们这帮学生娃争先恐后地往船上挤,还不忘大声斥责道:"莫挤莫挤,淹死你们这帮急死鬼!"所有人都不理会驾船佬的训斥,还是像一群急不可耐的蝌蚪一样往上蹿。

驾船佬的船是杉木做的,吱吱呀呀,也不知道用了多少年,看起来随时都要散架,但只要我们质疑起来,或建议他打一条新船时,驾船佬总是说这船没问题,肯定能坐人,保证淹不死你。偌大的大同水库偏偏只有他这一条渡船,我们只能硬着头皮跳进他的船舱。

等所有人都坐定了,驾船佬却丝毫没有要开船的意思。有人坐不住了,催促道:"怎么还不开,莫非等酒喝?""等酒喝"是乡里骂人的俗话,指一个人慢性子、怠惰,一般只有长辈对晚辈说。有学生娃胆敢这样没大没小地骂他,驾船佬却并不生气,照样坐在船头上一动不动。原来,驾船佬是在等迟来的学生,想多赚几块钱的摆渡费。

还真有不着急的吊死鬼("吊"、"掉"同音,指凡事掉在后面、不着急不抢先的人)慢悠悠地从山路上下来。整整一下午驾船佬都不着急,这时候反倒着急起来,大声朝山上喊道:"吊死鬼,还不赶快!"听了驾船佬一声吼,几个吊死鬼才快步跑起来。

嘟嘟嘟……驾船佬摇响柴油机,船终于开动了。船头劈开波浪,像一条巨大的青鱼,向下游的大同镇开去。

每个星期天的下午我都会准时去清溪桥头等渡船,但是有一次,我也当了吊死鬼。那是一个秋日的上午,我在池塘里帮爷爷挖藕,不小心弄湿了校服,奶奶非要等校服晒干才肯让我穿上去上学,也或许是别的什么原因,我已经不记得了。总之那个星期天的下午我迟到了。我在狭窄的乡村公路上疯狂地奔跑着,风呼呼地从我耳边吹过,我感觉我肯定赶不上渡船了,我不得不一次次地加快步伐。等跑过了三个山头,清溪桥头终于在我眼前出现时,让我欣喜不已的是,渡船竟还等在那里!

"吊死鬼,就等你了,还不赶快!"驾船佬照例远远地吼了一句。我连忙欢快地朝他跑去。

直到这时我才恍然明白,这个驾船佬嘴上不饶人,心地倒是挺善良——他之所以每次都不肯早早开船,根本就不是为了多赚几个渡费,而是要等所有的学生娃都齐了才行。驾船佬是那么精明的人,周围几个村子有多少娃在镇上上学他心里能不清楚吗?他要是把船开走了,学生们该怎么去上学呢?

这个驾船佬!

我们支付的那几毛钱渡费怕是还不够渡船烧柴油的钱!这是很多年后我才知道的事情。那是在驾船佬的葬礼上,他的儿子偶然跟我说的。他儿子说,他曾想把父亲接到城里去,他父亲死活不肯,并说:"当年你不也是这样坐渡船到镇上去上学的吗?我若走了,谁来渡娃儿们去上学呢?"

现在,村里到镇上早已修起了水泥路,人们到镇上再也不用坐渡船,大同水库也开发成了旅游景点,连名字也改了,叫仙人湖。过年回家的时候,一个人坐在清溪桥岸边,夕阳洒满金色的仙人湖,我还是会想起驾船佬。

局外人

我刚把早报扔进垃圾桶就听见有人敲门。我说："请进。"

"你好,我是市动物园的工作人员。有人打电话向我们报告,我们半年前逃跑的一只大猩猩跑到了你们这里。我们是过来核实的。"来人亮明目的,并出示了一张工作证。

我接过工作证,朝来人看了一眼,坚定地说："我们这里根本没有什么大猩猩,你们肯定是搞错了。"

"不可能搞错,"来人肯定地说,"我们有举报人拍的照片。虽然照片是用手机拍的,很不清楚,但我肯定这就是我们要找的大猩猩。"

来人递给我一张用针式打印机打印的彩色图片。我接过来一看,发现画面中的确有一只大猩猩,它正安静地坐在一间狭小的格子间里。

这个城市到处都是写字楼,写字楼里到处都是一模一样的办公室,办公室里到处都是一模一样的格子间。来人当然不能因为这样一张毫无说服力的照片就断定他要找的大猩猩在我这里。

我摊开双手表示不解："这能说明什么呢?"

来人显然明白了我的意思,跟身后的人说了一句:"叫举报人进来。"

只见我们楼层的一位保洁工走了进来。她看了我一眼,然后指着办公室西侧最后一个格子间说:"艾经理,它就在那里。"

我走近一看，大吃一惊，发现果然有只大猩猩纹丝不动地坐在那里。看起来，它已经在那里待了很久了。

大猩猩听见我们走近的脚步声，慢慢抬起头。很快，它就认出了熟悉的动物管理员的橘黄色工作服。它低下头，挥起大掌极其愤怒地拍了两下桌子，然后极不情愿地站起来，垂头丧气地跟穿橘黄色工作服的人走了。

我对我们办公室闯进来一头大猩猩竟然无人察觉这件事感到震惊不已。我恼怒地逼问所有正在低头噼里啪啦打字的职员："你们成天都在干什么，屋里闯进来一头大猩猩居然都不知道？"但是除了离我最近的两个职员站了起来，其他人几乎毫无反应，他们仍在低头噼里啪啦地敲击电脑。

其中一个站起来的职员对我说："艾经理，我正在处理一份报表。"

另一个对我说："我正在打印一份重要的文件。"

其他人似乎根本不知道我正在咆哮，就像不知道刚才市动物园来人带走了一只大猩猩，而他们已经同它共事了很久一样。我只好气咻咻地质问保洁工："你怎么搞的，发现了大猩猩也不向我汇报？"

"艾经理，你总是很忙。你知道的，我去过你的办公室，但是你一直没有抬起头。"保洁工无奈地说。

"你是怎么发现它的？"我继续问道。

"那天我低头拖地的时候，发现一双赤脚。抬头一看，发现是一只大猩猩。我想起市动物园登的广告，便立即向你汇报，但是你根本没有理睬我。我只好打电话通知了动物园，"保洁工说，"他们记下了我的报告，但是并没有立即派人来。他们说，有太多市民给他们打电话了，他们得一个一个核实。"

"你发现它多久了?"我问道。

"三个月了。"

"三个月了?"我大吃一惊。

"是的。我等了些日子,动物园一直没有联系我。我想他们恐怕一时半会儿不会派人过来。因为,就像他们说的,实在有太多市民向他们报告各种线索了。我只好拍了张照片作为证据寄给动物园。这次,他们终于派人过来了。"保洁工不紧不慢地说。

就在这时,办公室的电话响了,是一个紧急通知,让我立即起草一份函件。我陷进椅子里,像所有人一样头也不抬地忙了起来。

时间之战

腊月二十九,终于搞到一张火车票,从深圳回到刘家坳。回到刘家坳的刘峰一头扎进了王刚家。

刘峰甚至连行李都没有送回家,直接坐到了王刚家的麻将桌旁。仅仅一夜,刘峰就将在深圳搞了一年的所有积蓄——三万七千六百块钱全部输在了麻将桌上。也不能说全都输了,在这三万七千六百块钱中大概有一千块左右被刘峰用来买了烟。

开始刘峰身上是带了两包烟的,可是很快就抽完了。因为输得猛,所以也就抽得猛。烟抽完了就满地捡刚扔的烟头抽。很快,所有烟头又被捡起来抽了一遍,只剩下光溜溜的烟屁股又躺回了地上。可是还是输得厉害,烟就不能不抽。

所有人都没烟了，只有王刚还有，五十块钱一支。平时十块钱一包的烟，现在王刚要卖五十块钱一支。五十就五十吧，那也得抽。就这样五十一支地大概买了二十支，刘峰的钱就干了。

从深圳出来的时候，刘峰特意在内衣的胸口处缝了一个口袋，那三万七千六百元就严严实实地封在里面，但是现在它居然就这么空了。那口袋空瘪瘪地咧开着，像一个难看的伤口。

刘峰一把将口袋扔在地上的时候，天已经开始蒙蒙亮了。王刚对刘峰说："如果没钱了就赶紧起身吧，还有人等着打呢。"刘峰只好站起身，将座位让给已经在旁边观战了整整一夜的刘超——他也是刚从东莞赶回来的，也是家都没回就直奔这里。

腊月三十的下午，刚补完觉的刘峰向父亲刘庄借了五百元路费，又匆匆踏上了回深圳的火车。仿佛刘峰急火火从深圳回来不是为了过年，而是专为了输掉这三万七千六百块钱似的。输了钱，刘峰终于心满意足了。

那是去年的事了。刘峰专门回家过年却在过年当天连夜折返深圳的奇事在刘家坳成了人尽皆知的笑料。

又一年的腊月二十九很快就到了，人们以为刘峰不回来了。可是刘家坳的灯刚一亮起来，刘峰就拖着行李出现在了村口。

刘峰照例连家门都没进就钻进了王刚家。

人们觉得刘峰这回肯定能把去年输的钱赢回来，因为今年刘峰明显学精了。刘峰预先买好了整整两条烟，他再也不会上王刚的圈套了。

刘峰果然有先见之明，两条烟正好够他抽一夜。可是就在他抽完最后一支烟的时候，刘峰绝望地发现他去年的钱不仅没赢回来，口袋反倒又空了——钻进王刚家之前，这口袋还满满当当地装着四万三千九百块钱呢。

这一年刘峰在深圳省吃俭用,连早餐都舍不得吃,一年下来就攒了这四万多,比同宿舍的工友都要多得多。

刘峰决定一刻也不停地返回深圳。当他张嘴向父亲刘庄借路费的时候,令刘峰想不到的是,父亲竟毫不客气地拒绝了。

这令刘峰感到震怒不已。刘峰觉得这简直不可思议,他是在向父亲借而不是要,父亲给儿子钱是天经地义的事,何况他是借。

当然,刘峰显然已经忘了去年借父亲的钱至今还没还的事。他气急败坏地踢了父亲一脚。

没想到就是这一脚,猝不及防的父亲刘庄重重地磕在门框上,又跌倒在门槛上,死了。

大年三十杀了自己的亲爹,这是刘峰完全没有想到的。

大年三十刘家坳出了杀人案,这是所有刘家坳人都没有想到的。人们说,刘峰这个孽子,肯定要挨枪子。

戴着手铐坐在警车里的刘峰倒还没有这种担忧。现在唯一令他感到担心的是,他现在困在这里去不了深圳,他该如何搞钱去王刚那里翻本儿呢?这令他沮丧不已。

母　亲

母亲去世后,我终于有机会打开她的那个桃红色木匣。

此前我一直希望能够打开它,尤其是在我的青少年时代。和每一个河阳浦的男孩一样,十三四岁是我们一生中最疯狂的时期,当然也是最穷的时期。我们太需要钱了,一毛钱一支的冰棍,一块钱一本的彩色信纸……对于已经开始发育的我们来说，在校门口吃一根冰棍和给女孩们写信都是生命中不可或缺的事。但是这一切都需要钱，这令我头疼不已。我记得每一次爸妈不在家的时候我都在翻箱倒柜。终于有一天，在母亲的立柜的最底层，我发现了这只桃红色的木匣。令人沮丧的是，木匣上有一把精致的梅花锁，它已经锈迹斑斑。我想，除了拿斧头把它砸开，没有任何其他办法能够打开它。我找来了斧子，在手中攥了很久，终于没有砸下去。我十分明白，一旦这锁受到破坏，母亲丝毫不用怀疑就会猜到是我干的，一顿狠揍是免不了的。我失望地将木匣原封不动地放了回去。这样的场景在我的青少年时期发生过很多次，有一次我几乎就要将木匣砸开了。记得当时我已经举起了斧子，但要命的是，一阵窸窸窣窣的开门声传了过来。钥匙捅进我家大铁门的声音如此清晰，吓得我立即将木匣放回原处逃之夭夭。似乎就是从那时起，我很久都没有再动过那只木匣。

现在，我终于有机会打开它。它就安安静静地摆在我的面前，冬日的阳光斜射进来，让它呈现出一种柔和的光泽。或许母亲早就知道我已经知道这个木匣的存在了，直到咽下最后一口气，她也没有向我交代有关这个木匣的任何事情。母亲是如此心细的人。或许在我看来是将木匣原封不动地放了回去，母亲却早已发现了蛛丝马迹——摆放的位置或方位稍有不对，上面掩盖的衣物顺序不对，等等。谁知道呢。母亲只是一直没有揭穿我。

木匣现在明明摆在桌子上，我却突然没有了当初要打开它的那股冲动。现在，母亲去世了，再也没有人会责怪我将它打开了。我决定把它先放一放，准备以后再打开它——直到今天，我们准备搬新家的时候，我在柜底突然发现了它。

生活中有很多东西一不小心就会从你眼皮底下失踪，一如这只桃红色的木匣。当初我明明是如此在乎它，可我直到今天才偶然想起来。这太奇怪了。但这一次，我决定打开它。

母亲根本没有给过我木匣的钥匙，所以我仍然只能用斧子将它砸开。

木匣打开了，里面只有一本泛黄的相册和一封信。令我感到惊讶的是，这封信居然是写给我的。

天明，我知道终有一天你会看到这封信，但是这一天我可能已经不在了，所以这些话我觉得应该写在这里。

其实，你有一个比你大十岁的哥哥。1981年3月12日，我永远记得这一天，我带你哥哥去参加单位组织的植树活动，不小心让他走失了。我和你爸疯狂地找啊，全中国都找遍了也找不到他的影子。后来，我们终于放弃了。我们又要了一个孩子，就是你。我以为，日子终于又要开始过了。可是，有一天，你哥哥却又突然出现了。那是1993年我们在庐山旅游的时候，他就跪在入口的路边向我们乞讨。他只能跪着啊，因为他已经没有了双脚，一只手臂也没有了，我一眼就认出了他。他是我的亲生骨肉啊，我怎么会不认识他。你爸也认出来了，我们就站在那里哭。可是，我们终于没有勇气上去相认。我们像两个逃兵一样可耻地逃走了。回来以后我就病了，你爸也变了一个人。我们的生活重新陷入了黑暗。直到有一天，你爸突然跟我说，我们去把他找回来吧，再难他也是我们的儿啊。我的眼泪一下就流了出来。我们赶紧跑去庐山找，哪里找得到啊，他早就不在那里了。我们又开始全国各地找，你记得吗？大概是你五六岁的时候，那一阵子你总是跟姥姥一起生活，就是那段时间，我和你爸又把全国各地跑遍了，可是我们终于没有再见到他，我们失去了唯一一次相认的机会。我知道是老天在惩罚我们，它再也不肯把你哥哥还给我们了。现在，你爸也已经不在了,我知道自那以后他一直生活在悔恨中,我又何尝不是呢?这些年我明明知道自己已经病重却从来不肯治,我想死了才好,我如何不盼着早点死去呢?现在,你看到这封信的时候,我可能真的已经不在了。我求你,我怎么有脸求你啊,你能不能把你哥哥找回来?天明,这是我唯一眷念的事了。天明,帮帮妈吧。

我终于明白,为什么爸妈从来没有向我提起,却总有人暗示我曾有个哥哥;我也终于明白,在 1998 年那场著名的洪水中,为什么父亲执意要去游泳,而堪称河阳浦游泳一把好手的他却莫名其妙溺死在河水中;我也明白了母亲为什么突然开始吃斋念佛……以前有好多事情我不明白,现在我明白了。

我打开相册,里面是一张与幼时的我几乎一模一样的面孔。我仔细地端详着这副精致的面孔,父亲母亲那段隐秘的岁月似乎就在眼前。我的眼泪流了下来。

一直在卧室里收拾东西的妻察觉了我的异样,走进来关切地问道:"怎么了,出了什么事?"我说:"没什么,没什么,有灰进眼睛里了。我们搬家吧。"

父亲的眼泪

父亲把他所有的精力都花在了那架只存于他想象中的飞机上。

之所以说只存在于他的想象中,是因为到目前为止,那架飞机还远远没有被造出来，它还只是一个丑陋的破壳子。但父亲并没有为此感到沮丧——反而激起了他更大的热情。父亲花在它上面的时间更多了。

父亲干脆不再去放羊，他把一百八十只羊交给额吉打理，一头扎到他那荒诞不经的飞机制造事业中去了。额吉起初以为父亲只不过是一时意气用事，他终究还会回到我们的生活中来。所以一开始，额吉对父亲的荒谬行为并不在意，只是听之任之。直到三个月后，额吉才意识到问题的严重性——她的丈夫不仅对他们的生计毫不关心，甚至再也不肯出来与大家一起吃饭。

父亲不出来吃饭，额吉自然不会给他送。额吉心想，看这家伙能坚持到什么时候。

额吉显然忽略了一个事实，那就是我。每当额吉出门之后，我便偷偷拿出额吉已经烧好的食物送到正在忙碌的父亲身边。父亲向我投来感激的眼神，但是并不同我说一句话。一撂下碗，父亲就又埋头干起他那不知什么时候才能完成的活计来。

父亲虽然没有出来吃饭，但是厨房里的食物却在明显减少，额吉当然察觉到了这一点。额吉为此恼怒不已。终于有一天，额吉忍无可忍地冲进了父亲的工作间，将凝结了父亲全部心血的、看起来已经有些眉目的飞机砸了个稀烂。父亲对此震惊不已，但是丝毫没有生气，他只是默默地转身离开了。

令我们所有人都没有想到的是，父亲竟然从此失踪了。额吉焦急不已，不得不第一次将那一百八十只羊单独交给我打理，然后头也不回地踏上了寻找父亲的茫茫旅途。

每当晚上我把羊群赶回羊圈的时候，额吉也拖着疲倦的身体回来了。这样的生活持续了很久——额吉每天出去寻找父亲，而我出去放羊，我为此感到孤独。

直到有一天，我突然发现羊圈里多了一只羊。从它那清澈如水的眼睛里，我一眼便认出那就是我失踪已久的父亲。

我兴奋地从地上跳起来，准备立即把这个惊人的消息告诉额吉。这时父亲的目光却一下暗淡下来，他似乎在用眼神祈求我不要这样做。我明白了父亲的意思，他并不想让额吉知道他在这里，我答应了父亲的祈求。父亲的眼睛里立即噙满感激的泪水。

额吉每天忙于寻找父亲，显然还没有察觉到羊圈里多了一只羊。而我为了避免让额吉发觉，每天都早早地赶着羊群出发，然后头也不回地跑到遥远的乌日根草场放牧，直到天完全黑下来才慢条斯理地回来。作为科尔沁草原上最勤劳智慧的牧人，额吉当然能够轻易地认出她的每一只羊，甚至能嗅出它们每一只不同的气味来。我只能这样做，才有可能避免让额吉发现父亲就混在她的羊群里。

从父亲那清澈的眼神中，我能看出他对我的良苦用心感激不已。令人感到欣喜的是，额吉对她的羊们越来越疏于关心了。这让我感到心安。只是这样的相安无事让我不得不心生怀疑，此前把羊们照顾得无微不至的额吉是不是已经知道了我的秘密。她其实早就知道父亲混迹其中，而为了不揭穿我们，她有意避免了所有与羊群接触的时间。

想到这里我的眼泪便流了下来。从这一点上，我确信额吉还是爱父亲的。而父亲自然也乐在其中，并且很快适应了作为一只羊的新生活。而更加令我动容的是，父亲并没有放弃他造飞机的伟大事业。

在科尔沁广阔无边的草原上，父亲走过的每一片草场都精确无比地留下了一架飞机的图形。那是父亲用嘴一口一口咬出来的，精致得令人难以想象。额吉当然也看到了这一切，因为她为了寻找父亲已经走遍科尔沁草原的每一片草场。

我终于相信，额吉其实并不是为了寻找父亲，而是为了欣赏这一幅幅精美的杰作而已。我确信额吉为此感动不已，而就在那一刻，父亲正躲在羊群里深深地落下泪滴。

一枝献给艾米莉的玫瑰花

一枝鲜红的玫瑰花握在我的手上，马上，我就要将它献给美丽的艾伦娜·洛佩兹小姐，我准备正式向她求婚。

二十年前，同样有一枝这般鲜红的玫瑰花握在我的手上，我把它献给了美丽的艾米莉·桑切斯小姐。

那个时候我刚上中学二年级，艾米莉小姐是我的生物老师。

我几乎相信，艾米莉小姐是这个小镇上最美丽的女人。她那棕色的长发、洁白的牙齿，还有那美丽的乳房无不使我魂牵梦萦。在植物园的一次户外活动中，我几乎就要用手触摸到艾米莉小姐光洁的乳房了。当时，她正俯身在我眼前，试图用手去摘一片绿檀树的叶子。她的身体倾向我。两只饱满的乳房从她粉红色的领口呼之欲出。我完全无法控制双手，我看见它们已经伸了出来。是的，它们就要触摸到艾米莉小姐美丽的胸口了。但是，我并没能触摸到那美丽的胸口，因为艾米莉小姐很快就摘下了叶子，旋即站直了身体。我的手落空了。

"费尔南多，这是什么树的叶子?"艾米莉小姐将她刚摘下的树叶举到我的眼前问道。

尽管我确信那是一株绿檀的叶子,但我还是用手接过树叶,说道:"艾米莉小姐,让我仔细看一下吧。"

我的手指轻轻触碰到了艾米莉小姐的手指,而这正是我的目的。我确信艾米莉小姐的手指是这个世界上最美丽的手指。它们纤细、纯白,指甲剪得光洁而柔和。

"这是一片绿檀树的叶子。"我用肯定的口吻回答艾米莉小姐。

"不错,这的确是一片绿檀树的叶子,属于复叶类型,看来你对它的特征记得很清楚。费尔南多,你是个聪明的孩子。"艾米莉小姐轻轻拍了拍我的肩膀,我顿时感觉到了全世界最温柔的爱抚。

直至凌晨两点,我感觉艾米莉小姐轻轻的抚摸还在我的身上持续不止。是的,我躺在寄宿制学校的集体宿舍里失眠了。我确信自己爱上了艾米莉小姐,在我十三岁的年纪。我感觉有什么东西从我的身体里抽离出来,我发烧了。

就是在这个晚上,我决定要献一枝玫瑰花给美丽的艾米莉小姐,我已经迫不及待要向她求爱。

一枝鲜红的玫瑰花握在我的手上,我迈着坚定的步伐向学校走去。教室里的同学们都出来了,呼哨也打了起来。可是我完全不在乎,依旧步履坚定地朝校园走去。

我看到校长佩德罗·费尔南德斯从校长室怒气冲冲地冲了出来。我知道,他马上就会说开除我,但我毫不在意,我的步伐依旧坚定而执着。

艾米莉小姐也出来了。她一脸惊讶地看着我手握玫瑰花向她走去。但是她很快镇定下来。

"费尔南多!"我听到艾米莉小姐大声叫我的名字,我站定下来。

"这就是我让你去帮我采的玫瑰花吗?"艾米莉小姐朝我走来,从我手中接过玫瑰花,转身向疾步跑来的校长佩德罗·费尔南德斯解释道:"校长先生,这是我让费尔南多去采的玫瑰花,上一节课我刚刚讲到它,马上我就要讲解玫瑰花的授粉过程。"艾米莉小姐说罢又转向我:"费尔南多,你可真是个勤快的孩子!"

"你确定是你让费尔南多采的玫瑰花吗,艾米莉小姐?"校长佩德罗·费尔南德斯乜斜着眼睛问道。

"是的,我十分确定是我让他这样做的。"艾米莉小姐坚定地说。

艾米莉小姐的语气有一种惊人的坚毅,让人听了几乎不容置疑。然而,所有人都知道这一切并非真相,她哪里讲到了什么玫瑰花呀!

校长一甩手,气咻咻地转身走了。同学们在教室前纷纷鼓起了掌,掌声越来越大,但我完全没听见,直至艾米莉小姐轻声叫我:"费尔南多,走吧,我们一起去实验室。"

艾米莉小姐是这个小镇上最美丽的女人。哦,不,我确信她是这个世界上最美丽的女人。尽管我从未踏出这个小镇,但我确信如此。我同样确信她还是这个世界上最善良的女人。她用坚定不移的善良保护了我,避免了我在十三岁的年纪就被开除出学校的命运,更重要的是,她阻止了我过早地陷入一场完全不会有结果的(甚至算不上的)爱情。

现在,二十年过去了,我成了整个国家最著名的植物学家之一。我的未婚妻艾伦娜·洛佩兹小姐是我在国家研究所的同事。我将要献给她的这枝玫瑰花是我刚培育出来的品种,我将它命名为"艾米莉花园玫瑰",我确信它是世界上最美丽的玫瑰品种,对于这一点我确定无疑。

蓝宝石般的眼睛

我的父亲迭戈·桑切斯曾经给过我无数个忠告，但唯有一条我至今谨记并严格遵循，那就是——杀鱼的时候千万不要弄破它的胆，否则的话，这条鱼的味道将会像谣言一样令人苦不堪言。

那是二十年前的事了。父亲满脸严肃地对我说，在地球的另一端，在我们脚底下的中国，有一个古老的成语叫"卧薪尝胆"，讲的是一个没落的国王为了不忘记亡国之苦，每天吃饭之前都要尝一口鱼胆的故事，这个没落的国王把鱼胆的苦味比作亡国的苦味，你应该能想象到鱼胆究竟有多苦。

"费尔南多，你是个聪明的孩子，你应该明白我的意思。"父亲迭戈·桑切斯忽闪着他蓝宝石般的眼睛对我说。

我确信从没踏出过南美洲大陆的父亲迭戈·桑切斯肯定没去过古老的中国，我也完全无法知道遥远的中国是不是真的有这样一个成语，是不是真的存在过这样一个倒霉的国王。和每一个青少年时期的巴拉圭男孩一样，我对父亲的每一句话都充满怀疑，包括他的这一句听起来非常有必要的忠告。我决定亲自验证一下这一忠告是否值得遵从。

这一举动显得非常有必要。因为这象征着对权威的一种挑战，我确信每一个十六岁的巴拉圭男孩都是这样做的。比如体育老师告诫你踢点球的时候踢向左边或者右边都行，但千万不要将球踢向中间，这样的话守门员很容易将球扑到。很显然这不是事实，因为在稍后的决赛中，民族队的前锋何塞·卡洛斯就是将球踢向了中间，而他的队伍最终获得了冠军。长辈总是擅于总结一些在他们看来绝对正确的道理来警告你，然而事实迟早会证明这一点有多么荒唐可笑。我认为这一次也必将如此。我切开一条鱼，故意将鱼胆弄破，然后将它煮熟。当我开始吃第一口的时候我立即将它吐了出来，它实在太苦了。

我亲自验证了父亲的忠告是对的—— 一条鱼如果弄破了它的胆将会像谣言一样令人苦不堪言。这个有着蓝宝石般的眼睛的老男人第一次在我面前树立了权威，我从此对这一忠告笃信不移。而这样的忠告在稍后的生活中显得更为必要，因为从此以后我的确需要经常靠自己来杀鱼——我的父亲迭戈·桑切斯为了捕获这个世界上最大的巨骨舌鱼，一个人钻进广袤无边的亚马孙河，从此再也没有回来。

父亲曾经捕获过一条重达 268 磅的巨骨舌鱼，被广泛认为是当时世界上最大的一条巨骨舌鱼。我的父亲迭戈·桑切斯因此一时闻名遐迩。但好景不长，一个叫戴维·路易斯的英国人在亚马孙河中游捕获了一条 296 磅的巨骨舌鱼，打破了父亲保持的纪录。这显然刺激了父亲，但更激怒了他。我的父亲迭戈·桑切斯认为这个世界上最大的巨骨舌鱼肯定还藏身在亚马孙河中，而它的重量显然会超过 300 磅。父亲决定奔赴亚马孙河试一试身手。也就是在他给过我关于杀鱼的忠告之后，他一个人上路了。

后来我才发现父亲早有预谋，他对我的这一忠告并不是随随便便说出嘴的。他显然已经预见到了实现既定目标的艰巨性，因此他必须让我学会杀鱼这样一项最基本的生存技能。如果连鱼都杀不好，他的儿子可能在他实现目标之前就会饿死。我只是没想到，父亲这一走就是二十年。后来的日子里，很多时候我都在想,耗时如此之久,就连我父亲本人可能也完全没有预料到。

　　我当然坚信父亲还活着,他蓝宝石般的眼睛依然会将我的生活照亮。他之所以迟迟不肯现身的原因在于他还没有捕获这个世界上最大的一条巨骨舌鱼。可能你也已经听说了,已经有人捕到了重达 355 磅的巨骨舌鱼。这验证了父亲的预言,他很早以前就认定世界上最大的巨骨舌鱼肯定超过 300 磅。而这样空前的重量显然给父亲的捕捞工作增加了难度,他不得不更加勤奋也更加艰难地工作,他必须日夜出没在亚马孙河上。这样繁重的体力劳动显然让他无暇顾及别的任何事物,甚至也包括时间这可怕的魔鬼。

　　是的,时间的确是这个世界上最可怕的魔鬼。二十年来,我的爷爷胡安·桑切斯和奶奶马丽萨·桑切斯先后去世,母亲艾伦娜·桑切斯声称她无法忍受将一生消耗在毫无边际的等待里,果断地改嫁给了一名乌拉圭商人卡塞雷斯·罗德里格斯,随后他们一起搬去了圣地亚哥再也没有回来。

　　时间这个魔鬼唯一没有打败的人是我。我坚信父亲一旦捕到世界上最大的巨骨舌鱼就会归来。我相信他会为我依然谨记他的忠告而高兴不已,尽管彼时我已经不再年轻,但他依然会忽闪着蓝宝石般的眼睛跟我说:"费尔南多,你真是个聪明的孩子。"

鸟

　　我掏到那只鸟的时候它应该刚刚出生。它的妈妈已经不知去向，只有它独自在北风中瑟瑟发抖。我决定把它带回家，给它建一个新的家。

　　那时家里养着许多花，在一盆吊兰的旁边我又吊起一个空花盆，这里便是那只鸟的新家。爸爸回家后，很快便发现家里来了新成员，他什么话也没说，转身出了门。等他再次回来的时候，我发现了他手中的马连草、薰衣草和松针。很显然，爸爸认为我建的鸟窝太过简陋，他亲自弥补了我年幼的笨拙和天真。

　　"这个时候出生的鸟活不过冬天。"尽管爸爸亲手为鸟窝添枝加叶，但他还是为这只鸟的未来下了悲观的断语。我不理会爸爸的话，和姐姐一道去山上捉蚂蚱。捉蚂蚱已成为我每天必做的工作，比对待我的家庭作业要认真得多。

　　很快我便发现"诺诺"身上长出了羽毛。那是一种极为纤细的毛发，如果不仔细看，你肯定不会发现。但我还是发现了，因为我每天都在捧着它看。是的，它已经有了自己的名字——诺诺——爸爸给取的。

　　爸爸可能已经意识到他此前的预言过于武断。瞧，他已经开始训练诺诺走路了。

　　如你所知，诺诺的家是一只铺满马连草、薰衣草和松针的花盆，而不是一只笼子或别的什么。没事的时候，诺诺就在它的小家里踱来踱去。也有调皮的时候。诺诺会跳到我们的餐桌上来。或许是我高看它了——诺诺根本就不是跳下来的，而是掉下来的。它太过自信了，自以为可以胜任站在盆沿上保持平衡的高难度动作。

诺诺显然还没有意识到自己是一只鸟，它是不是以为自己也是我们家里的一口人？你瞧它走路的姿势，昂头挺胸，大摇大摆，显得威武、骄傲，甚至是自满。但一只鸟不是光走路就可以的，它还必须会飞。很快爸爸便开始让它尝试这项新的技能。但这并不是一件容易的事情。因为我们家里每一口人都还没有掌握飞翔的技能，甚至连翅膀也没有。我们如何能要求诺诺去做一件我们根本没有办法做到的事？

但飞翔训练还是要继续。爸爸拼命挥动着双臂从椅子上跳下来，试图以此诱导诺诺扇动翅膀。不可思议的是，这笨拙的动作居然起了作用。诺诺果真吭哧吭哧振动翅膀飞了起来，但不幸的是，它很快便掉了下来，摔了个大屁墩儿。这实在太令人沮丧了。

万事开头难。既然已经开了头，那没有不飞下去的道理。起初是在屋子里，后来到了院子里。终于，爸爸决定带它去见更广阔的天地。爸爸打一声呼哨，领着诺诺上街了。

诺诺当然成了明星。所有人都只见过装在笼子里的鸟，从没见过站在人肩膀上的。人们大惊失色，啧啧称奇，纷纷表示诺诺真是一只特立独行的鸟。但诺诺完全搞不明白究竟发生了什么，一副茫然不解的样子。大家都是一样的"人"，它只是个头比较小而已（或许连这个它也没有意识到），有什么好大惊小怪的呢？

爸爸还领着诺诺去了北山上的小树林。在这里，诺诺第一次见到了自己真正的同类，它反倒有些怯生——这些家伙怎么跟我长得这么像呢？爸爸示意诺诺站到它们中间去。诺诺逡巡而不敢进，但终于还是飞了过去。更让我们出乎意料的是，诺诺竟然很快跟它们熟络起来。

爸爸打一声呼哨，诺诺"嗖"一声飞了回来。爸爸给诺诺一个积极的眼色，诺诺又"嗖"一声飞了回去。很显然，诺诺还是喜欢跟那些同它长得比较像的家伙在一起。

回家的时候，爸爸意味深长地说："诺诺留不住了。"

第二天，爸爸并没有带诺诺上街，而是径直去了小树林。不等爸爸示意，诺诺便欢快地加入了它的族群。

过了很久，我试图打一声呼哨，提醒诺诺我们该回家了，但爸爸轻轻地制止了我。爸爸牵起我的手，拍了拍我的肩膀。我相信直到我们转身离开，诺诺都一直站在树林里看着我们。但诺诺并没有追上来，直到我们消失在它的视野里。

但我们怎么可能消失在诺诺的视野里？因为诺诺始终游荡在天空上，它的视野便是整个世界。别人可能觉得奇怪，一只鸟不关在笼子里怎么养得住，但我丝毫不会奇怪，因为我知道，一只鸟其实应该怎样。

请听清风倾诉

我是一缕风，我知道所有的秘密。

当我从乌日根草场吹起来的时候，我还只有一个婴儿那么大。谁又不是从婴儿开始长大的呢？但是当我来到白音胡硕的时候,我已经大到可以抚摸整个村庄了。

我成长的速度是谁也比不了的。我可以毫不吹牛地说,春雨过后科尔沁草原上疯长的蘑菇也比不了我,四川盆地的楠竹笋更是要甘拜下风。我就这么长大着,每抚过一个地方,我就长大一倍。

现在,我已庞大到我自己都不敢想象了。

每当春回大地之时,我就会来到乌兰花草场。那时大地就会矮一截,天空就会高一截。所有的草都向我低头,每一朵花都向我致意。一旦我抚过,所有的花草又齐刷刷地站直了身子,大地重新加厚了一截,天空又矮了一截。是啊,东风送暖,也送来了春天。花草们是在向我点头表示感谢呢。

我可以毫不吹牛地说,我知道春天所有的隐秘——是我——一缕东风吹来了姹紫嫣红,吹来了万物复苏。春天是我的孩子,我赋予了它新的生命。

抚过乌兰花草场之后,我就会像往年一样来到穆拉河。正当我悠闲地四处漫游时,突然,一股难闻的恶臭味扑进了我的鼻孔。尽管难闻,我还是强忍着用力吸了吸,我想找出这股恶臭味是从哪里传出来的。难道是从穆拉河传出来的吗?天啊,不可能吧。但是事实的确如此。没错,那一阵阵让人恶心的恶臭味的确是从穆拉河流淌出来的。

天啊,这一年究竟发生了什么事情!

你看,穆拉河里到处都漂荡着肚皮朝天的死鱼,还有各种腐烂的水草四处横陈,就连河水也变成了棕黑色!我真不敢相信仅仅一年没见穆拉河就变成了这样。这还是我曾经熟悉的穆拉河吗?我继续向西北方向飘去,那是穆拉河的源头。我想看看穆拉河究竟是因为什么变成了这样。我在穆拉河左岸发现了一座工厂,那座工厂正在冒着浓烟,一条巨大的排水沟正源源不断地向穆拉河里排放着黑色的液体。

我歪着身子挤进工厂的大铁门,我在一个车间里看到了一群工人,他们正在一排又一排的车床前挥汗如雨。我又扭着腰肢挤进了工厂办公楼的玻璃旋转门,然后通过门窗钻进了一间宽敞的办公室。

一进门,我就闻到了一股浓烈的香水味迎面而来。吸了这么久穆拉河的恶臭味,突然闻到这股香水味让我一下子舒爽了不少。我猛吸几口,原来这股香水味来自那个正坐在转椅上接电话的女人。

要是这香味分一点给穆拉河该多好呢?我想。

我似乎知道了穆拉河的秘密。但是,我不可能把所有的秘密都说出去。当我撞到北面那堵巨大无比的白墙时,我发现我已经找不到出去的路了。我感觉我的身体越来越轻,也越缩越小。

那个涂着口红的女人还在说着什么,可是我完全听不到了。我是一缕风,我缩小的速度是谁也比不了的。就像水消失在水中一样,一缕风最后也消失在了风中。它生命中所知晓的一切秘密,最终也像这秘密本身一样,遭遇了不可挽回的命运。

咱们镇上没有小偷

我在科罗拉多小镇开诊所已经有四十多年了。但是现在,我不打算干下去了,我太老了。我决定从明天起退休。也就是说,今天是我上班的最后一天。在最后一天里，我决定做一件好事，一件特别一点的事，为我的职业生涯画上一个句号。

我已经有了主意。因为我看见瞎子乞丐马里奥·罗德里格斯走进来了。

"令人尊敬的费尔南多医生，您能行行好，给我几个比索吗?"马里奥·罗德里格斯永远都是这句开场白。

"马里奥，遇上我你今天可真是行大运了!"我抬起头对瞎子马里奥说道。

"令人尊敬的费尔南多医生，说实话，我并不明白您的意思。难道您是说今天真的要大发慈悲给我几个比索吗? 感谢上帝!"罗德里格斯看着我说，眼神充满期待。

"难道获得几个比索就称得上是行大运吗? 马里奥，你也太小瞧我了!"乞丐永远都是乞丐，眼里只有那么一点儿蝇头小利。

"那么，令人尊敬的费尔南多医生，您能告诉我今天我究竟要行什么大运吗?"马里奥·罗德里格斯殷切地看着我。

"你还真得好好感谢上帝。马里奥，我该怎么跟你宣布这个好消息呢? 我决定——给你做白内障复明手术。马里奥，很快你就能获得光明了，我保证这个世界上的一切你都能看得清清楚楚!"我斩钉截铁地说。

"哦，天哪! 我可没有钱支付昂贵的手术费用啊，令人尊敬的费尔南多医生!"马里奥·罗德里格斯大惊失色地叫道。

"我没说要收你的手术费啊。马里奥，听清楚了，我决定大发慈悲，免费为你做一次手术。马里奥，你撞上大运啦!"我大声宣布道。

"哦，天哪。令人尊敬的费尔南多医生，这实在太不可思议了! 您此前可从没这么做过啊!"马里奥·罗德里格斯惊讶地叫道。

的确如马里奥·罗德里格斯所说，此前我从未为一个病人免费实施过手术。别说为他们做手术，就是一小盒胶囊我也从未免费给过。我想在科罗拉多小镇树立这样一种观念，给人看病也是一种劳动，而且是一种颇有技术难度的劳动，医生也是需要吃饭的，绝不是什么圣人君子，看病必须给钱，给钱才能看病，一个比索也不能少。我当然知道有人在议论我太过绝情，尤其是在艾伦娜事件上。三年前，可怜的艾伦娜小姐由于支付不起医疗费用而眼睁睁地死在我的诊所前。人们对我展开了空前的抨击，甚至扬言要将我赶出科罗拉多小镇（他们当然不会这么做，因为整个科罗拉多小镇只有我这唯一一家诊所，也只有我一名执业医生。赶走了我，谁来给他们看病呢？），但我对他们的激烈指责毫不在意。说实话，艾伦娜小姐我可以救，但我不能为了救她而坏了我的规矩，让那些穷鬼以为没钱也可以看病，我绝不能容忍这样的事情发生。

"所以我说你撞大运了啊，马里奥。实话跟你说吧，今天是我作为执业医生的最后一天。从明天起，我就打算退休了。我决定为人免费治一次病来结束我的职业生涯。当然，我也用不着为我自己亲手打破规矩而担心，因为明天我就要关门——我再也不会给任何人看病啦。马里奥，你真是三生有幸，我决定把这唯一的免费机会给你。"我高高在上地说。

"哦，天哪。令人尊敬的费尔南多医生，您真是这个世界上最好的人！感谢上帝，哦，感谢上帝！"马里奥·罗德里格斯激动得语无伦次。

说实话，马里奥的病情并不复杂——先天性白内障，而这样的复明手术我不知道做过多少次了。马里奥家实在太穷了，即使是做这样简单的手术，马里奥家也拿不出一个比索。要不是我今天大发慈悲,马里奥可能一辈子都是瞎子。

手术很成功。这是我职业生涯最后一次做手术,反而使我紧张了那么一会儿。尽管如此,我还是顺利为马里奥实施了手术。马里奥千恩万谢地走了。

我的职业生涯就这样完美地结束了。我准备收拾好物品就此关门大吉。就在这时,一伙人闯了进来。我仔细看了一下,来人中有我认识的,领头的一个应该是马里奥·罗德里格斯的哥哥——费利佩·罗德里格斯。

费利佩·罗德里格斯气势汹汹地走到我跟前,怒气冲冲地指着我的鼻子逼问道:"费尔南多,你为什么要在我们毫不知情的情况下为马里奥做手术?你获得授权了吗?咱们镇上没有小偷,没有抢劫犯,没有人干非法的勾当,我们只能靠马里奥四处乞讨,合法地博得人们的同情来养家度日。现在,你无缘无故弄好了马里奥的眼睛,我们一大家子人今后吃什么?"

不等我开口申辩,费利佩·罗德里格斯就一拳击在我的额头上。我瘫倒在地,打翻了还没来得及收拾的手术盘,我感觉有什么东西插进了我的后背,可能是一把手术刀或者手术剪什么的,我感觉后背有血流了出来。我想爬起来,但根本爬不起来。

恍惚中,费利佩·罗德里格斯还在嘟哝着:"咱们镇上没有小偷,连一个也没有,咱们可不能去偷去抢啊,犯法的事我们可不能干,可眼下该怎么办呢?"

"不如,我们重新把马里奥的眼睛弄瞎吧?要不我们只能饿死……"有人建议道。

"我看也只能这样了……"

我已经无力阻止残忍的命运再次降临到马里奥·罗德里格斯身上,我感觉我的血越流越多,我就要死了。

还有一件事

已经太久了，他终于等到了这个完美的机会。

事实证明这也的确是一个完美的机会。他一路跟踪袁贵到这里，在这阒无一人的城市郊区，在这伸手不见五指的午夜，他神不知鬼不觉地把袁贵杀了，没有留下任何值得怀疑的蛛丝马迹，没有任何目击证人。这简直太完美了。

就在他处理好尸体，正要松一口气的时候，令他目瞪口呆的事情发生了。

一名彪形大汉正气喘吁吁地跑到了他面前。本来万无一失的完美谋杀计划就这样被一名不期而至的目击证人搅和了。尽管彪形大汉并不曾目睹杀人过程，但为了确保万无一失，他不得不向这名突然的闯入者举起了手中寒光闪闪的刀。

等彪形大汉完全咽了气，他才发现这家伙不是小偷就是强盗，因为他怀里揣着一个明显不属于他的女式包，除此以外，他的衣服里居然也藏着一把寒光逼人的刀。也难怪他会突然出现在这四野无人的午夜郊外，原来也是个图谋不轨的家伙。

他刚吃力地把彪形大汉拖进树林，一名上气不接下气的警察就冒了出来。很显然，他是来追击那名彪形大汉的。可惜警察还不知道彪形大汉已经成了他的刀下鬼。就在警察上前来准备向他打探些什么的时候，他一刀就把这个无辜的警察撂倒了。

他当然不能允许这个警察的意外到来而毁掉他的计划。然而处理彪形大汉和警察的尸体的确令他费了一番力气。杀死袁贵是计划中的事,所以埋他的坑是事先挖好的。他怕野狗会把袁贵的尸体叼出来,所以坑挖得很深。好在坑挖得深,足以掩埋彪形大汉和警察的尸体。他不是一个干活麻利的人,但是他不得不马不停蹄地继续干下去。

终于,他认为该干的活都干完了。他一屁股坐在地上。尽管杀人现场的确不是一个适合休息的地方,但是他坐在地上就再也爬不起来——他实在太累了。

令人绝望的一幕还是发生了——现场居然又冒出一个人。

他毫不犹豫地挥刀向来者走了过去。

等到那人躺在地上动弹不得时,他才发现这个人是个菜农。他挑着担子可能正要赶去城里卖新鲜的蔬菜,因为他的担子里装满了还带着碎土和露珠的白菜、西红柿和冬瓜。

这个菜农起得太早了。他想,这个人万万不会想到起得这么早会送了自己的命,送了他的命不要紧,要紧的是这还得费他一番事,还得让他受累一场。

他决定不再处理菜农的尸体而火速离开现场。他想,如果再这样慢腾腾地处理掉菜农的尸体的话,可能又会遭遇另一个不期而至的目击证人,一个离家出走的少女,一名早起打太极拳的老人,等等。想到这里,他不禁出了一身冷汗,果真那样的话,他的麻烦就会没完没了,他不得不一个一个把他们杀掉,然而这是一件多么令人绝望的事。

他立即站了起来。确认现场没有目击证人之后就……。等等,真的没有目击证人吗? 他不可遏制地焦虑起来。

他以现场为圆心,分别向东、南、西、北四个方向走动了一百米,他想在半径为一百米的范围内搜寻一下潜伏在暗中的目击证人。但是他马上就发现半径为一百米根本靠不住,于是他扩大了搜索范围,他在半径为两百米的范围内又搜寻了一遍,很快,他又扩大到了三百米……

终于,他确定现场再也没有目击证人了。他长舒了一口气,正要迈开步子的时候,他发现还有一件事被他忽略了。

他自始至终都忽略了一个人,这个人目睹了他杀死袁贵、彪形大汉、警察和菜农的全过程,这个人就是他自己。他自己就是那个令人放心不下的目击证人。他为自己竟然忽略了这样一个显而易见的事实而感到心惊肉跳,他毫不犹豫地举起了刀。

百年孤独

我和穆大海、黄小平三个人约在全家乐火勺店共同探讨辛提斯被杀问题。

每逢国内外有大事发生,我们就约在一起开个圆桌会议,就三方关切深入交流,试图达成一致意见,但是往往事与愿违,我们非但无法取得一致,反而经常闹红脸。

闹红脸的时候,总有一个人叫嚣以后将退出讨论,另两人也表示同意就此解散圆桌会议,但是下一次三人还是会齐刷刷出现在全家乐火勺店——所有人都忘记了上一次意见的不合或交流的不快。就像每一个善于遗忘的政客一样,我们谈话的气氛总是热烈而友好。

前面已经说过,我们探讨的主要是国内外大事件,譬如阿富汗战争、欧债危机,等等。但是今天的话题有些特殊,是一则社会新闻——辛提斯被杀,恰好我们三人对此都抱有浓烈的兴趣,遂一致同意就此展开讨论。

新闻是这样的:南亚某国一市民辛提斯喜中亿元彩票,不久暴毙,其妻姆希尔德与其女罗索丝互相指控对方谋杀了辛提斯,但是双方都拿不出强有力的证据证明对方犯下了谋杀罪,最终法院进行调解,双方同意平分奖金,即各人分得五千万,同时不再以谋杀罪起诉对方。事情获得了圆满解决,但是可怜的市民辛提斯却死得不明不白。

穆大海坚持认为辛提斯是姆希尔德杀的,而黄小平刚好相反,他认为一定是罗索丝下的毒手。

刚一坐稳,两人就展开了激烈的辩论。他俩分别就朝鲜半岛问题、"北方四岛"问题动过手。此番穆大海和黄小平又各执一词,谁也无法拿出充足的理由将对方说服,恰如姆希尔德和罗索丝谁也拿不出足够的证据将对方杀死一样。为了避免出现大打出手的局面,他俩一齐将求助的目光投向了我。

我说:"不是姆希尔德杀的。"

"为什么?"穆大海急了。

我并不回答穆大海的问题,说:"也不是罗索丝杀的。"

"那是谁杀的?"黄小平笑了。

"辛提斯,"我喝了一口酒说,"他是自杀的。"

"他为什么要自杀呢?"穆大海和黄小平惊讶地问道。

"孤独,深深的孤独,"我摊开手掌说道,"辛提斯进入了一个空旷的金色大厅,他无法胜任那里的生活,于是选择了自杀。"

"你想想看,一个穷人,一个生活在社会最底层的穷人,突然有一天得了一个亿。他将获得怎样的生活呢?以前,他出门必须徒步,顶多是坐公交车,但是现在,他可以随便挑选这个世界上最昂贵的跑车。"我说。

"他依然可以选择坐公交车呀。"穆大海打断我的话说。

"你没有理解我的意思。是的,他是可以继续选择坐公交车,但是现在他坐公交车跟以前坐公交车完全是不一样的。他以前坐公交车是一个必需的选择,不坐公交车你就没得坐,甚至打出租车都不可能,尽管只是稍贵于公交车,但你要知道,那也是辛提斯负担不起的。现在辛提斯的确可以坐公交车,但是现在他坐公交车就不是以前那个心境,就有点观光的意思了。"我解释说。

穆大海并没有表示赞同。我接着说:"辛提斯的生活变得不一样了,甚至可以说,是倒了过来。"为了更加形象地表达我的意思,我顺手把酒杯倒扣了过来,结果把酒洒了一桌,这个意外并没有阻止我继续阐述:"你想想,辛提斯以前住在五十平方米的破房子里,现在要搬进五百平方米的别墅,他现在是全市最有钱的人了,他要定期举办舞会,要与市长保持友好往来。他觉得他无法承受这样的生活,因为他以前的朋友都是蹬三轮的和拎着小板凳到公园下象棋的。"

"南亚也有拎着小板凳下象棋的? 你可真会瞎扯。"黄小平打断了我。

"我只是举个例子——我要说明的是,他现在交往的人和以前不一样了。他感到了什么? 孤独! 巨大的孤独!"我用力敲打着桌子比画道,"就像很多高干承受不了退休后的清冷,很多富商承受不了破产后的清贫而自杀一样,辛提斯也承受不了暴富后的阔绰,他完全偏离了自己熟悉的生活轨道,辛提斯感受到了空前的孤独。如果他还能活五十年,就将承受五十年的孤独,如果还能活一百年,将不得不承受一百年的孤独。他觉得这样的生活太恐怖了,于是他杀死了自己。"我坚定地说。

"一个在繁华的都市生活惯了的人突然跌进一座幽闭孤岛会自杀,一个过惯了幽闭生活的人突然睁眼看见了繁华难道不会吗? 这是一样的道理。"我补充道。

"一个中了亿元彩金的人会因为孤独自杀? 这简直太荒谬了。"黄小平显然不同意我的观点。

"是呀,要不你中一亿试试,看你会不会自杀。"穆大海补充道。

我目瞪口呆,因为我自认无法中得亿元彩金,因此无法完成自杀。很显然,我无法完成自我证明。即使亿万分之一的可能,我完成了自我证明,但是彼时我将不在人世,证明也失去了意义。

我们三人谁也说服不了谁,讨论遂以不欢而散结束。

接下来的一周,我像往常一样焦急地等待着圆桌会议的到来。一旦到了时间,我便像发了疯一样迫不及待地来到了全家乐火勺店。

令我大吃一惊的是,穆大海和黄小平并不像往常一样稳稳当当地坐在那里——他们连影子也没有!

难道他们不会再来了吗? 我感觉自己进入了一种我所不熟悉的状态,孤独,呼吸困难,一阵空前的恐惧感从头到脚向我袭来。

一个人的遭遇

女人什么都干,蹬三轮车收破烂,送报纸,摆地摊卖小饰品。每天下午五点放学的时候,女人还要到科大附中校门口卖煎饼馃子。女人一天要干好几份工作,到了晚上,女人累得腰都直不起来,女人还是没日没夜地干。

邻居都说,这女人疯了,不怕累死。

女人真不怕累死。

女人离了婚,离了婚的女人一下子就老了。男人在外面惹了"妖精",惹了"妖精"的男人抛弃了女人。要是只有自己一个人,女人兴许早就跳河自杀了。可是女人不是一个人,女人还有一个在上高三的儿子呼日乐。

本来女人没那么容易放过男人的,哪个女人愿意放过一个惹了"妖精"的男人?但是,男人伤了她的心。那天男人和她闹离婚,女人说,离婚可以,但是现在不能离。男人咆哮着说,为什么现在不能离?女人说,呼日乐现在上高三,再过四个月就要考大学了,等过了六月再离不迟。

男人挥舞着拳头吼道,呼日乐关我什么事,现在就离!

男人说出这句话女人就绝望了。女人原本想把儿子作为最后的筹码来挽回男人的心,可是男人说马上就要考大学的儿子不关他的事,那还有什么可挽回的余地?

女人的心死了,女人就离了婚。离婚不要紧,女人以前在男人的单位工作,离了婚,女人一天也不肯去了。女人就失了业,失了业的女人一无所有。

我是一无所有吗?女人站在蓝山大桥桥头上想了想,我不是一无所有,我还有儿子。对,我还有儿子。我不能死,我要活下去。

女人从蓝山大桥走了回来。

女人开始像疯子一样干活。女人想,我要供儿子上大学,我要让呼日乐出人头地。

那是二月底吧,天气还有些凉。六点半的时候,女人终于卖完了最后一份煎饼馃子。女人回到家烧了壶开水,准备洗个澡,都多久没洗澡了,快半个月了吧。女人站在镜子前看了看自己,女人用抹布擦了擦镜子上的灰,镜子里露出灰头土脸的自己。

女人快认不出自己了。

女人坐在床上哇哇大哭。哭完了,女人开始做饭。晚上九点,呼日乐下晚自习,女人要给呼日乐做点好吃的,给儿子补补身子。

儿子回来没有好脸色。往日回来,看着桌上热乎的饭菜,儿子总忍不住狼吞虎咽起来。可是今天晚上,刚端上桌的香辣肉丝面儿子瞅都不瞅一眼。女人就问儿子,你今天怎么了?是不是不舒服?

儿子扔下书包说,妈,我不反对你卖煎饼馃子,但是你能不能不在科大附中门口卖?你知道吗,今天我的同学指着你说,你看,那个卖煎饼馃子的女人就是呼日乐的妈!

女人背过脸去,说,好,妈答应你。快把面吃了,都要凉了。

埋头吃面的呼日乐没有看到女人对着墙壁抽泣的脸。

第二天下午五点,一个男孩子的声音从科大附中校门口传来——呼日乐，你看你妈又来卖煎饼馃子啦！女人一回头就看见儿子气咻咻地冲过来，儿子连"妈"都没喊一声就冲女人嚷嚷起来，你不是说好不来科大附中吗？怎么又跑来了！

女人解释说，呼日乐，妈今天不是来卖煎饼馃子，妈是顺道来给你送吃的。

谁稀罕！儿子撂下一句话扭头就走，女人一个人呆立原地。许久，女人才转身离开。

从此，市三中门口就多了一个卖煎饼馃子的女人，她总是站在寒风中大声吆喝着——煎饼馃子，卖煎饼馃子嘞！

全民微阅读系列

变形记

小白鼠从鼠科大学偷窃学专业毕业后，由于就业市场竞争越来越激烈，一直没能找到一份满意的工作。每天只能依靠偷点吃食度日，生活过得好不郁闷。

这天，小白鼠正在愁眉不展之际，他看到电视里正在播放某保险公司招聘业务员的广告。小白鼠兴奋不已，连忙跑去该公司应聘。

主考官是大花猫先生，在验证了小白鼠的学历证明之后，大花猫问小白鼠有什么职业特长，小白鼠抓耳挠腮想了半天才不好意思地说："偷窃。"一句话说到了大花猫心坎里：我就是要招一个擅长窃取潜在客户信息的员工呀，那我们公司的业务量岂不是要成倍增加！大花猫心里这样美滋滋地想着，却不在脸上露出来,因为他要想尽一切办法压低小白鼠的工资。他假装一脸严肃地对小白鼠说:"现在是诚信社会,以诚实守信为荣,你怎么能说擅长偷窃呢?"小白鼠的脸立即像猴子屁股一样红了起来。

看到小白鼠脸红了一片,明显感到局促不安之时,大花猫不失时机地话锋一转:"不过,看在你真心实意想做这份工作的份上,我还是愿意试用你几个月,公司管吃管住,不过没有工资哦。你看怎么样?"

小白鼠心想这大花猫也太黑了点吧。不过没办法,总比待在家里吃了上顿没下顿强吧?再说,试用期万一做出成绩让领导满意了,说不定就录用咱了呢。小白鼠心里这么想着,连忙答应下来。

果然,小白鼠凭借在大学里掌握的行窃知识,很快就通过网络窃取了大量潜在客户的信息。一个月下来,小白鼠的业绩果然比其他业务员高出不少,他一个月弄到的客户信息比别人半年弄的还要多。三个月后,大花猫发现小白鼠为公司弄到的客户信息已经够公司发展两年了,但是小白鼠的试用期也已经到了,接下来该给他开工资了。

这时大花猫眼珠子一转,立即把小白鼠叫到了办公室。小白鼠兴冲冲地以为自己被正式录用了呢,却看见大花猫一脸严肃地瞪着他。原来,一封检举信摆在了大花猫面前,有人检举小白鼠在试用期间采取非法手段大量窃取客户资料,给公司造成了恶劣影响。小白鼠就这样被公司除名了,分文工资也没拿到。

小白鼠为此郁闷了好几天。这天,他闲逛到一家银行门口,发现银行门口贴着一张招聘营业员的启事。招聘启事上对应聘人员唯一的特殊要求是,讲信誉,为客户保密。

小白鼠决定痛改前非,不再偷窃了。于是他便跑去银行应聘,没想到老天有眼,小白鼠努力改变陋习的决心感动了上天,小白鼠不仅在银行谋得了一份工作,而且连续三个月获得诚实守信先进个人奖励。

这天刚下班不久,同事们都走了,只有小白鼠留下来整理一些当天的文件。这时行长大黑猫走了过来,向他询问今天上午一个大客户的银行卡信息,小白鼠联想到上次因为窃取客户信息被除名的遭遇,坚持要为客户保密,不肯多说半句,弄得大黑猫一脸尴尬。

不出一周,人们在公告栏里看到了小白鼠被开除的消息,除名理由语焉不详。小白鼠再一次丢了工作。

小白鼠左思右想也想不明白,为什么无论是偷窃还是讲诚信到最后都会被开除呢? 三天三夜没有吃饭的小白鼠眼看就要饿晕过去了,没办法,他只好干起了自己的老本行——偷食度日。

很快,小白鼠便变得肥头大耳、胆壮心黑,它成了一只硕鼠。

逃 离

Side A

从 2012 年 2 月 14 日到 2013 年 2 月 14 日,刚好是 365 天。不,是 366 天。2012 年是闰年,多出了一天。也许你要问我怎么算得这么清楚,你不知道,这 366 天,每一天对我都是煎熬。

这是你失踪的第 366 天了。一年前的今天,你突然消失在了普利超市。你像从来都不曾存在过一样,突然从我的世界里消失,没有一丝征兆。

那天我们一起去超市买菜。等我买好菜时,才发现你已经没了踪影。直到超市打烊,你也没有出现。我急了,跑去超市保卫部看监控。我在监控录像里看见了你。你在二楼楼梯口的鱼缸前待了很久,然后你一个人悄悄地走出了超市,连招呼也没打,就这样突然走出了我的世界。

我不知道你在鱼缸前看见了什么,或者发生了什么别的事情,以致你要这样决绝地离开我。

爱情从来不是一劳永逸的事情。结婚三年来,每天早晨我都会为你煮一碗西红柿鸡蛋面,无论风霜雨雪,我都会按时起床为你准备好这一切。每年冬天到来之前,我都会为你织好一件毛衣。我精心安排好我们的生活,什么时候做什么都仔细考量。我不允许我们的生活出现任何波折,我相信我们的爱情一如既往,我也相信它必将天长地久。我们从来不曾吵架,也从来没有起过冲突,举案齐眉、相敬如宾用在我们身上恰如其分。

你知道吗?你走之后,我的世界就塌了。366 天,每一天我都在想问题出在哪里,或者我做错了什么?我想不明白。我将一直等你。

Side B

从 2012 年 2 月 14 日到 2013 年 2 月 14 日,刚好是 365 天。不,应该是 366 天。2012 年是闰年,多出了一天。也许你要问我怎么算得这么清楚,你肯定不知道,这 366 天,每一天我都过得有多么快活。

这是我逃离的第 366 天了。一年前的今天,我选择从普利超市逃离。这一场逃离预谋已久，但选择在这一天却是事出偶然。

　　我陪你去超市买菜。你在货架前挑挑拣拣，而我则在偌大的超市里毫无目的地晃来晃去。在超市2楼楼梯口的鱼缸里，我偶然看到了一条孤独的银龙。它目光呆滞，毫无生气，在那块狭小的不足一立方米的空间里，像公园里打太极的老人一样垂死般地游来游去。

　　就在这一刻，我宿命般地发觉那条银龙其实就是我自己。一直以来，我也被封闭在这样一块狭小的、几乎令人窒息的空间里。而这个可怖的狭小空间，就是你。

　　结婚三年来，每天早上你都会给我煮一碗相同的面条。是的，每一天，不管风霜雨雪，永远都是相同的一碗面条。你永远在织一件相同的毛衣。你永远要提前安排好我们的生活，什么时候干什么，比如买菜，永远是在星期二（即使今天是情人节也毫不例外），甚至做爱，永远是在星期五，不会有任何一丝波澜，一如你做爱时的表情，呆滞，空洞，绝不叫床，你僵硬地躺在那里，与一具坚硬的尸体毫无二致。

　　爱情从来不是一劳永逸的事情。我悲哀地在你身上看到了我无限重复的未来。我的孤独和恐惧像雨后春笋一样冒将出来。我觉得我必须逃离这呆若木鸡的生活，我越来越透不过气来，我觉得我马上就要窒息。你知道吗？我们甚至没有争吵，从来没有冲突，我们的爱情像拙劣的谎言一样一眼见底。

　　直到我在超市看到这条孤独的银龙。是的，我看到了我自己。我看到我自己正披着沉重的鳞甲垂死般地游动，我感觉下一秒就要沉下去，我感觉我再也游不动了。

　　我决定逃离。这年久失修的爱情已不可能再让我留恋。现在一年过去了，时间原来还有过得这么快的时候！如今我已不再疲惫,并且每天都能够大口呼吸,我坚信我已经找到生活下去的方法——这多么令人欣喜。

一桩事先张扬的杀人事件

6月30日是学校规定的最后离校时限。现在,整个宿舍只剩下青格乐图一个人,其他人早都已经搬走。走廊里的垃圾堆得满地都是,像是所有战士都已阵亡的杂乱战场,没有人来收拾这不堪的残局。

投出的简历就像走失的羊羔一样消失在了世界的某个角落。这样的结果青格乐图显然没有想到。尽管大学生就业难的话题在报纸上没少见到,但青格乐图从来就没有把它放在心上——他自信这样的命运一定不会降临到自己头上。

青格乐图当然有他自信的理由。所有课程的分数都在95分以上,连续四年获得全校最高奖学金。这样的成绩还不足以找到一份像样的工作吗?何况他还是蒙汉兼通——在这个蒙汉杂居的小城,蒙汉兼通的人才从来都是最受欢迎的。

全班第一个找到工作的却是斯日古楞,而且是人人羡慕的政府机关,不为别的,就因为斯日古楞的爸爸在某个局当局长。同学四年,青格乐图确信他见到斯日古楞的次数不超过十次。很显然,他就是那种混大学的人,上大学的唯一目的就是弄得一纸文凭,前程从来无忧,所有的道路父母早已为他铺好,他只需要像苍鹰一样自由盘旋就可以吃到肥美的食物。

很快，随着六月的到来，除了考研的，班上的同学工作几乎都有了着落，唯独青格乐图剩了下来。

青格乐图是巴彦德勒黑嘎查第一个也是目前为止唯一的大学生。每次回到嘎查，青格乐图都像打了胜仗的骑兵司令一样受到全嘎查牧民们的欢迎，热情的人们纷纷拿出自家最好吃的食物犒赏他，就连六年前和他家起矛盾之后再没往来的哈斯额尔敦也拿出了一副羊头蹄。为此青格乐图从踏进大学门的那一天起，就发愿要早点毕业出来找个好工作报答乡亲们的恩情。

巴彦德勒黑，这片除了牛羊就是马莲花的青色草原，曾经多么令青格乐图心旌摇荡。可是现在，他越来越害怕回到那里，他已经受不了那一双双热情的眼睛。现在，他已经不是什么打了胜仗的骑兵司令，倒更像是一个战犯——他看牧民们的眼睛一双双都像是在审问，应该交代些什么了，可是能交代些什么呢？说他念了四年大学却一无所获？说他到现在连工作都还没有找着？每次想到这些，青格乐图只能更加心虚。

眼下的事实显然击溃了青格乐图，他总是像警惕的战马一样整宿整宿地无法合眼。

也就是从那一年起，学校突然流行起一种暴力杀人游戏，从来不玩电脑游戏的青格乐图这一次也和舍友们一起学会了这个游戏。找工作的那段时间里，青格乐图每天的消遣就是坐在电脑桌前"杀人"。

"我要杀人！"这句充满暴力的话就是从那个时候起成了青格乐图的口头禅。

为了逼迫毕业生们早点搬离，学校已经对大四宿舍楼全部断水断电。青格乐图只好支起笔记本电脑，习惯性地再一次进入"杀人"游戏。

今晚,青格乐图是最后一次在这间宿舍"杀人"了。

很快,笔记本电脑的电池就消耗殆尽,青格乐图气咻咻地"啪"的一声合上电脑,腾地站起来……然而,他并没有进一步的动作,只是平静地站在那里,就像一匹失去骑手的科尔沁马一样死死地站在那里,久久没有动弹。

很久,在凌晨的夜幕里,站在窗台前的青格乐图干脆把自己从宿舍楼上扔了下来,像铁木真把弓箭扔到了地上,然后是很多的血,像牧马人把酒撒了一地。

当然,这个世界上已经没有一个人知道,青格乐图要杀的人是他自己,就像没有人知道一把刀能让自己的柄削出血。

希仁花

由东向西穿越整个希仁花草原的穆希高速在花图古拉旗有一个出口。过了花图古拉旗收费站不到两公里的地方有一排当地老乡开的简陋旅馆和饭店,希仁花开的那家饭店(兼旅馆)就在其中。

我当然是后来才知道她叫希仁花的。希仁花是我见过的这个世界上最慵懒的服务员。我走进店门的时候她就面无表情地靠在柜台上,见有客人进来她也没有站起来招呼一声,依旧像一只沉着的羚羊一样安静地沉思着。要不是我已经饿得两眼发昏实在挪不动步子,我肯定扭头就走。

跑货运的长途车司机上辈子都是一帮饿死鬼。还好,我要的饭菜上来得挺快。我像已经饿了三天的苍狼一样扑向我的食物。如果我真的是饿死鬼托生，我现在愿意做个"饱死鬼"。

等我打着饱嗝从希仁花的店里走出来的时候，天已经完全黑了。我决定在希仁花的店里住一晚。

这是一个奇怪的决定。我想说的是，这并不是预先想好的决定，而是临时起意。尽管我已经在穆希高速上连续开了十一个小时，但我并没打算在此留宿，而且我也的确很少在这样的路边旅店留宿。如果没有记错的话，这应该是第一次。

正是这一次原本不存在的决定让我认识了希仁花，并且知道了她的名字——希仁花——跟她脚下的这片没有尽头的草原一模一样的名字。也正是在这一晚，我知道了希仁花的故事。

那是我正准备睡觉的时候，希仁花没有敲门就走进了我的房间。她自顾自地坐下来，问我认不认识一个叫朝克图的司机。朝克图有一次来到她的店里，那是三年前的事了。她爱上了他。朝克图告诉她当他下一次到来的时候，他会带她到一个叫海因克温泉的地方去，那里的温泉水就像希仁花草原的暮风一样柔和，希仁花一定会喜欢的。

就凭我在穆希高速混这么多年的经验，我敢肯定这条路上根本就没有什么叫朝克图的司机。说实话，这条高速上来往的车辆并不多。人们把羊毛和牛肉干运出去，把电视机和电风扇运进来。来来回回就这么几个人，我坚信朝克图并不存在。而且，更要命的是，我长这么大也没听说过这地球上还有个叫海因克温泉的地方——这肯定又是那个冒名"朝克图"的浑蛋瞎编的。

但我并不打算告诉希仁花真相。我坚定地告诉希仁花：我知道这个叫朝克图的人，虽然我并不认识他，但我肯定的确有这么个人。

希仁花显然很高兴。她当然有她高兴的理由,因为我是三年来第一个说认识朝克图的人。

我告诉希仁花,朝克图这一阵子很忙,他接了一大笔生意,马上就要发财了。有人告诉我,等朝克图发财了他准备去找一个叫希仁花的姑娘,原来那个姑娘就是你。

希仁花害羞地笑了,那是一种比盛开的马莲花还要美的微笑。害羞的女人是美丽的。微笑的女人是美丽的。但现在希仁花是一个害羞着微笑的女人。我怀疑眼前这个笑靥如花的女人和傍晚我进店时那个面无表情的女人并不是一个人。

希仁花说朝克图曾经回来过一次,那是一年多以前的事了,那个时候他也说他很忙。

我告诉希仁花,男人总是很忙,何况他还是一个长途司机。但是,既然他答应他会回来找你,他就一定会回来,因为长途司机是从来不说谎的。

希仁花对我的话坚信不疑,然后坚决地爬进了我的被窝。我们和希仁花草原的月亮、清风以及马连草一起度过了一个湿润的夜晚。

要不是后来偶然在一个高速服务站嘈杂的厕所里听到一个声音说起"海因克温泉"这个词,我想我一辈子也不会想起希仁花来。

那个声音很快淹没在嘈杂的水声里。我在鼎沸的人声里四处搜寻,可是终于一无所获。今天的穆希高速已经不是昨天的穆希高速了,现在的穆希高速是这样的拥挤,它已经太拥挤了。我实在搞不明白,怎么几年之间就冒出了这么多四处招摇的车呢?

算起来,我竟然已经整整三年没有再下过花图古拉旗出口了。当然,我也再没见过希仁花。

这三年我都干什么了？有时候时间真的不讲理。

我决定去花图古拉看一看希仁花，也许她还在那里，也许早就不在那里了。这都是说不定的事。正好我有一批货要送到明旗去，我想，我可以顺路从花图古拉下去见一见我的老朋友希仁花。我想，就算没有一批货要送到明旗去，我也会去的。

我沿着穆希高速找了很久，也没有找到任何一个叫花图古拉旗的出口。我怀疑我的记忆发生了偏差，我不得不谨慎地向经常来往这段高速的老司机们打听。他们纷纷摇头，表示从来不知道有花图古拉旗这么一个出口，甚至根本就没听说过。

我怀疑这帮油腔滑调的老司机们是商量好了要捉弄我，就像我也曾捉弄过每一个向我问路的司机一样，要么摊开手臂装作毫不知情，要么干脆指一个完全相反的方向。我当然不信这帮老流氓们的鬼话，并且决定就沿着穆希高速一直找下去，我相信希仁花一定在某一个地方等着我，就像她曾经等待朝克图一样。

另一个人

我对着眼前这根锈迹斑斑的钥匙想了很久，终于想起来这应该是去年我租住过的玉泉小区 10 栋 3 单元 502 的门钥匙。

我奇怪这把钥匙为什么还在抽屉里，因为我记得搬走的时候，钥匙明明是还给房东了的。

我决定去玉泉小区看看。我想去试试这把钥匙还能不能打开那扇门。也许房主早就换掉了锁芯，那也无所谓，我可以去看看那里现在有没有人住，或者是个什么样的人住在里面。

等我换了两路公交车到达玉泉小区的时候，天已经完全黑下来。整个 10 栋都亮起了灯，唯独 502 还是一片漆黑。我在门外站了很久，犹豫着要不要打开门。

我已经认出来了，门上还是那把半新不旧的防盗门锁。我感觉一阵轻松，就像一个故事走向了好结局。我把钥匙插进锁孔，轻轻拧动，然后听见了锁舌噔噔跳动的清脆响声——门开了。

我打开灯，就像走进自己家一样。但显然，这并不是我家，因为房间比我的要整洁许多。很显然，这是一个女人的房间。

我轻轻地在床上躺下来，就像躺在自己床上一样。很快我就舒服地睡着了。我也没想到我会睡着，但是躺在自己床上谁不会酣然入眠呢？

等我醒来的时候已经是早上了。我睁开眼便看见了眼前这个全然陌生的房间，猛然意识到自己的冒失。我连忙起床，叠好被子——我是从来不叠被子的，但是房主的被子是叠得整整齐齐的，所以我只能尽力叠好。

我轻轻锁上门，就像完成一件深藏已久的心事一样。

第二天下班之后，我又急不可耐地去了玉泉小区，但是这次 502 亮起了灯。我绕着小区走了两圈，沮丧地决定不再上去。

一个月以后，我发现了规律——每个星期六的晚上 502 的房客都不在家（巧合的是，我第一次回到 502 那天正是星期六）。我决定到了星期六就搬到玉泉小区去住一晚。

一如往常。我轻轻打开门，摁亮灯。日光灯忽闪的灯光终于定下来的时候，我看见屋里坐着一个人——一个女人。显然，她就是这个房间现在的主人。

我惊讶地看着她，一句话也说不出来。

女人先开口说话了："你来了。"

她的语气仿佛是在等一个老熟人。我不知道该如何回答，因为我并不是她的老熟人。

"我等你很久了，"女人接着说，"你是怎么搞到钥匙的？"

女人的追问让我终于——几乎是在一瞬间记起了这把钥匙的来历。

这把钥匙是米兰的。米兰是我的前女友，一年前我和她在这里同居。后来她决定和我分手，搬出去的时候便把钥匙给了我。我在米兰搬出去一个月之后也决定搬走。我把钥匙还给了房东，而米兰的钥匙却悄无声息地留了下来——被我随手扔在了某个角落——谁知道呢，反正它就这样鬼使神差地留了下来。

我告诉女人我是这个房间的前租客，我的钥匙忘了还给房东——我当然没提米兰。

我就这样认识了这个女人。她告诉我她叫罗马。后来我们躺在一张床上的时候，我问她为什么不换一下锁芯，那样多没有安全感。她说她在等我，我深信不疑。

罗马成了我的女朋友，我于是有了第二次名正言顺搬进玉泉小区的机会——实际上也的确如此，直到三个月前罗马突然失踪，我们一直住在那里。

罗马走的时候没有给我打电话，也没有留纸条，我只是在茶几上发现了她留下的门钥匙。她留下钥匙的意思我当然懂。尽管我不明白——至今依然不明白她为什么要突然离开，但我确信她是爱我的——就像我爱她一样，因此我并不难过。

罗马离开之后不久，我第二次搬离了玉泉小区，并且决计再也不回来。直到今天，直到现在，我对着眼前这把锈迹斑斑的钥匙想着要不要回去一趟——我确切地知道这是玉泉小区 10 栋 3

全民微阅读系列

单元 502 的门钥匙,而且是罗马留下的。

人生就是这样不可思议。我用米兰留下的钥匙认识了罗马。现在,罗马留下的钥匙又莫名其妙地被我从抽屉里翻了出来。那么,我会用它认识谁呢?

我仿佛总是这样陷入时间的迷宫之中,就像陷入小径交叉的花园,一次次闯入,一次次沦陷,周而复始,不知伊于胡底。

我决定还是回去一趟。我站在 502 门外,双手颤抖着把钥匙插进锁孔。锁舌没有任何要跳动的迹象。锁没有开。一瞬间,我感觉一阵从未有过的轻松漫过我的头顶。

我感觉身心愉快。我转身离开,顺手把钥匙扔进了楼梯口的垃圾道,钥匙在垃圾道里蹦蹦跳跳叮叮咚咚,我感觉那是世界上最动听的乐曲。

头　羊

辛宽甸营子总共有 3651 只羊,只有我是黑羊,其他 3650 只都是白羊,纯种的白羊。

所以注定我是头羊——我是 3650 只白羊的王,当之无愧的王。

现在,我正领着 99 只白羊向辛宽甸营子东头走去。我的神情木然而凄伤,我缓慢地向前挪动着步子,像是拖着镣铐一样,脚步沉重而吃力。

我是白羊的王,我走到哪里,他们就会跟到哪里。哪怕是悬崖,他们也会跳下去。

到了营子东头那间气氛有些压抑的黑屋子,我的任务就结束了。那个满脸络腮胡子的壮汉特勒根就会把我一把抱在怀里,穿过三十几步宽的大灶房,把我从黑屋子的北门放出来。

我和我的白羊兄弟们(虽然我是他们的王,在我心里我却更愿意把他们当作我的亲兄弟)都是从南门进去的,可是从北门出来的时候,就只剩下我一个了。

这间黑屋子是辛宽甸营子唯一的屠宰场。

如果你在秋风中看见了第一片枯黄的落叶,你一定也看见了我的哀伤。

每到这个时候,我都会带着我的白羊兄弟们穿越整个辛宽甸营子。从营子西头水草丰美的拉索噶伦牧场到营子东头的黑屋子总共是七里地,我在这条路上走了一次又一次,而我的白羊兄弟们,一生只能走一次。

一旦走上这条路,他们就再也不会回来了。

我的兄弟们一次次浩荡地奔赴死亡,而我则一次次苟活下来,孤独地等待下一次屠宰的开始。

在草原上,我是寂寞的王。

我无力改变什么,唯一可以改变的,就是在上路前一天,我会带着即将赴死(当然,我的兄弟们此刻浑然不知他们已经时日无多)的兄弟们,绕过阿伦河右岸的群山,到白力尕山的最西边美美地吃上一顿牧草。要知道,那里的牧草可是整个营子里最肥美的,嚼在嘴里都会流出青翠的汁液来。

我的兄弟们张开大嘴囫囵大嚼的时候,我却一点胃口都没有。每当听到他们美滋滋的碎嚼声时,我总是无比难过。这个时候,我会默然地望着屹立在白力尕山麓的那棵歪脖子柳树,它面临阿伦河的那一面枝叶繁茂、身姿绰约，背水的那一面则光秃无枝，毫无美感。记得我第一次带着白羊兄弟们来吃草时，这棵柳树还不足两米，如今，三年过去了，它已经亭亭如盖。我转过身，兀自朝东哀咩了一声，以不让埋头吃草的兄弟们发现我不合时宜的哀戚。

那一次，我是真的流泪了。

那一天，营子里来了大主顾，乌沁噶命令我带去 127 只白羊，而不是通常的 99 只。踏上征程的那一刻我就感到了蹊跷，西天边布满黑压压的乌云，雷声隆隆却不见一滴雨水落下。后来，果然出事了。当杀完第 99 只白羊时，屠夫乌沁噶用尽各种方法也无法使第 100 只白羊咽气。当他无奈地试图杀死第 101 只、102 只白羊时，情况和杀第 100 只白羊时毫无二致。

白羊躺在地上大口大口地喘着粗气，嘴里同时发出类似小孩哭泣的声音，"呜呜"地嘤咛不停，阴森而恐怖。这个时候，屠夫乌沁噶吓坏了，他以为自己遭到了可怕的天谴，赶紧扔掉手中的屠刀，额心直冒冷汗地下令把剩下的白羊关起来择日再杀。

乌沁噶嘴里嘟囔着什么甩门而去，而那三只已经被割断喉咙的白羊兄弟，则可怜地躺在阴冷的地上挣扎了整整一晚。

拉索噶伦牧场上的白羊越来越少了。

后来，辛宽甸营子水土流失，拉索噶伦牧场上的牧草全部缩到泥土里去了。连一棵草根都找不到时，这里就不再饲养白羊了。

理所当然地，这里也不再需要什么头羊了。

我领着仅剩的几十只白羊兄弟（他们是辛宽甸营子最后的一批白羊）向营子东头走去。黑屋子到了，那个满脸络腮胡子的壮汉特勒根再也没有把我抱在怀里——我的头羊生涯结束了。

奇怪的是，我一点恐惧感也没有，心里反倒是充满了极大的喜乐，我充满快感地闭上了眼睛。

审　判

礼拜三上午上班的时候，法官威尔接到了一份特殊的起诉申请书，一只名叫尼科的勒蒙鸡试图起诉诗柯顿国际大酒店的大厨塔奇尼。勒蒙鸡尼科在起诉书中抱怨道，多年来，塔奇尼作为诗柯顿国际大酒店的大厨平均每天宰杀勒蒙鸡 300 只以上，这直接导致了勒蒙鸡家族毁灭性的灾难。由于塔奇尼多年来的血腥屠杀，现在，世界上只剩下了唯一一只勒蒙鸡，这仅剩的一只勒蒙鸡就是尼科自己。尼科表示要以种族灭绝罪起诉塔奇尼，请求法院主持公道，判处塔奇尼死刑立即执行，以告慰多年来死去的勒蒙鸡们的在天之灵。

一只鸡要起诉一个人，法官威尔此前还从来没遇到过这种情况。他立即传来原告尼科和被告塔奇尼，当即开庭审理此案。谁料，塔奇尼对尼科的无端指控矢口否认，他表示尼科是在诬告，他非常气愤，表示等庭审过后要起诉尼科，告它诽谤罪。

"法庭是讲究证据的。你有什么证据可以证明塔奇尼宰杀了大量勒蒙鸡吗，尼科？"法官威尔问。

"这还需要证据吗？这是铁的事实！塔奇尼这是在狡辩，他想逃脱法律的制裁！不过，如果法官先生确实需要证据的话，这个好办，诗柯顿国际大酒店现在一定还有已经宰杀但还未售出的勒蒙鸡,法官大人前去看看就知道了。"尼科说。

威尔于是派出法庭取证人员立即前往诗柯顿国际大酒店,但是回来的取证人员却两手空空,他们表示没有找到任何证据。

塔奇尼有些幸灾乐祸,你能找得到才怪呢!勒蒙鸡一直是诗柯顿国际大酒店的热门特色菜,从始至终都是供不应求,一旦端上餐桌就会被顾客们分成鸡头、鸡脖、鸡脯、鸡翅、鸡腿等若干部分吃个精光,尼科所需要的所有证据都已经灭失、早已经进了顾客们的肚子了。

塔奇尼有些挑衅地看着尼科,看你现在怎么办?

尼科有些慌了,由于没有事先掌握好证据导致了现在自己处于不利地位。

庭审一时陷入僵局。就在这时,塔奇尼却突然叫嚷起来:"法官先生,请允许我透露一个事实。其实,这个国家从来都没有人吃勒蒙鸡,因为勒蒙鸡的鸡肉中含有微量毒素,一旦被人体摄入,就有可能导致肺病甚至是肺癌!所以,尼科一直是在睁着眼睛说瞎话,尼科从一开始就是诬告,彻底的诬告!"

塔奇尼提供的这个信息让威尔目瞪口呆。

"笑话!我们身上怎么会有毒呢?塔奇尼,你才是睁着眼睛说瞎话!"尼科气愤难平。

法庭上吵得不可开交,威尔只好猛敲法槌,喊道:"肃静肃静!我已经强调过了,尼科,法庭是讲究证据的。你有什么证据可以证明勒蒙鸡没有毒呢,尼科?"

尼科无言以对,法庭再次陷入寂静。法官威尔只能再次对尼科说:"尼科,你现在必须证明你没有毒,否则,你将处于极为不利的地位。"

"好吧,法官先生。为了证明我们勒蒙鸡家族的清白,也同时为了维护法律的尊严,我决定请塔奇尼在我身上试验一下,看我到底有没有毒!"尼科摆出一副大义凛然的气势,决绝地说。

"这倒是个不错的主意!"塔奇尼叫嚷道。

威尔自觉尼科的提议有些不妥,但是除了这个还能有什么别的好主意呢?于是,威尔默许了尼科的请求。

塔奇尼立即兴奋地搬来煤气灶、锅,还有油盐酱醋以及各式调料。"我会证明我的清白的,塔奇尼。"尼科临死之前说道。可是尼科已经无法看到庭审结果了,话刚说完,塔奇尼一把将它抓起,一刀砍断了它的脖子,经过三十分钟烹调之后,整个法庭都弥漫起一股勒蒙鸡的香味,一只香喷喷的勒蒙鸡做好了。

尼科可真是一只勇敢的勒蒙鸡。

"塔奇尼,是你自己提出勒蒙鸡有毒的。现在,请你亲自尝一尝,看看它到底有没有毒。"威尔命令道。

"遵命,法官大人。勒蒙鸡虽然有毒,但是为了维护法律的正义和公平,我决定亲自尝一尝。如果有毒,我死而无憾。"说着塔奇尼挑起一块鸡肉大嚼起来。

法官威尔对塔奇尼的大无畏精神表示震惊和钦佩。

半个小时过去了,塔奇尼没有被毒死。

一个小时过去了,塔奇尼依然活蹦乱跳。

"也许它的毒性是慢性的。"塔奇尼解释道。

两个小时过去了,塔奇尼依然活着。这时法官坐不住了,他不能永远这么等下去,如果勒蒙鸡的毒性需要一年才发作,那他岂不是要坐在法庭上被饿死?于是,威尔想问问原告尼科的意见,可是,尼科为了提供法庭需要的证据,刚才已经勇敢地献身了!

这种情况威尔以前还从未遇到过。在庭审过程中先是证据灭失,现在就连原告本身也灭失了,这可怎么办?

到底是判原告撤诉还是胜诉或者败诉呢?威尔拿不定主意,威尔陷入了思考。如果判撤诉显然不行,因为尼科并没有提出撤诉申请,当然,它也不可能提出撤诉申请,因为它本身已经灭失。如果判尼科胜诉显然也不行,因为截至目前它并没有提供有力的证据证明塔奇尼犯了种族灭绝罪。

于是,威尔宣布:"原告尼科败诉,庭审结束!"

后来,这个案件作为第一例因原告灭失、被告自动获胜的案例被载入了国家法典。

恶时辰

德海叔的儿媳妇芳霞买回了几只新瓷碗。瓷碗就是瓷碗,瓷碗真漂亮。你看这些瓷碗,碗底都釉着青色的小花,比那些土不拉叽的土碗好看多了。

太阳正在头顶的时候,德海叔从地里回来,在水池里舀了水洗过双手双脚,就上桌吃饭。当他端起碗的时候,才发现自己一直用的那只土碗不见了,摆在面前的变成了一只瓷碗。德海叔的脸一下子就沉了下来,他放下筷子问儿子大民:"我的碗呢?"

大民指着他面前的碗,说:"这不是你的碗吗?"

德海叔说:"我要我的土碗。"

芳霞买回了新瓷碗,就把家里那只土碗当了狗钵,拿去喂狗食了。

德海叔气不过，跑去狗窝旁把狗食一股脑儿倒在了狗槽里，把土碗拿回来洗了又洗，重新盛上饭，端上桌。

芳霞的脸色就不好看了。按理说，儿媳妇给公公端新碗，那是尊重他，那是不嫌弃他这个人。没想到这个老头子偏不买账，还要去狗窝里掏回那只土碗。拿狗用过的碗盛饭吃，你说恶心不恶心？

芳霞当然不知道，这只土碗是已经去世的婆婆王英娘过门时带来的嫁妆。婆婆死得早，现在她带过来的嫁妆破的破，旧的旧，只剩下这只土碗还能用。清河这一带有个讲究，新媳妇过门嫁妆里可以什么都没有，但是一定要有碗，有句歌儿唱得好，叫作"入了俺家的门，成了俺家的人；端了俺家的碗，死了也是俺家的魂……"唱的就是这个理。

王英娘死的那年闹饥荒，那时她刚生了大民，别说补营养的肉啊蛋啊吃不上，就连一碗热乎的大米饭都吃不上，王英娘就这么走了。王英娘走了，德海叔却撑了过来。现在日子好过了，德海叔觉得对王英娘有愧，他老觉得自己当年是从王英娘嘴里抢走了粮食才捡了这条命，王英娘是替自己去死的。多少年过去了，德海叔就一直用这只土碗。这只土碗成了德海叔唯一的念想，除了他，谁也不能动。

儿媳妇把这只碗拿去喂狗食是什么意思？是不要我这个糟老头子吃饭了吗？是嫌弃我吗？是想我早点死吗？我偏不！德海叔心里越想越气，就这么地，他又去狗窝里捡回了土碗。

这样一来，芳霞就下不来台。芳霞本来是好意，那只土碗已经缺了两个口，芳霞怕公公吃饭咯到牙才给他换了新碗，没想到秀才遇到兵，有理说不清，芳霞委屈得跑进里屋大哭起来。

芳霞看着橱柜里唯一的那只土碗还是憋气。满橱柜都是瓷碗,只有这么一只土碗,看着都嫌烦,芳霞越想越不舒服。

吃晚饭的时候,摆在德海叔面前的又是那只新瓷碗。德海叔的脸色铁青:"我的碗呢?"

孙子小岩低声应了一句:"爷爷,我不小心打碎了……"

德海叔最疼孙子小岩,德海叔什么也不说,饭也不吃便进屋了。

芳霞下午塞了两只红苹果给儿子小岩。

德海叔一直把自己闷在屋里,也没出来打热水泡个热水脚。屋里也没开灯,大家都以为他睡下了,也就没搭理他。

没想到德海叔一睡就再也没起来。

德海叔是在第二天早上七点多才被发现已经过了世的。儿子大民进来叫他吃早饭,三叫不动,便推门进来,一推他的身子,早就硬了。

德海叔的葬礼是在八月的最后一个星期天,大中午的,树上的知了吵个不停,天气闷热难耐,简直要热死人。这真是一个恶时辰。

德海叔葬得不远,就在后山的清风岭上。

远远看去,德海叔的坟就像一只倒扣过来的土碗。"这老头子真犟,死也要钻到土碗里去!"人们比画着说。

无书时代

公元 2525 年，作家们陷入了绝境。

随着纸质书的消亡，电子书的日益勃兴，文学作品的更新速度越来越快，几乎达到了每分每秒都在更新的地步。我们且不去谈论这样快的更新速度读者们是否读得过来，首先面临困境的是作家们。为了应付不断刷新的电子屏，作家们不得不日夜写作，像潘帕斯草原上的雄鹰一样一刻不息。这样做的后果是，终于有一天，作家们的灵感陷入了枯竭，所有奇思妙想的题材、所有天马行空的故事都被无一例外地写尽了，他们再也不能写出哪怕一个字了。

人类的阅读生活眼看就要陷入崩溃。就在这时，划时代的全智科技公司生产出了一款全新的智能机器人"茹比"。这种智能机器人只需输入一定数量并且按照一定顺序排列的关键词就可以"创作"出一篇像模像样的故事梗概。尽管这种故事梗概很不成形，还只是简单的故事发展线索，但这无疑成了作家们的救命稻草。因为作家们只需稍加改造，就可以据此写出一篇新的故事来。而更为惊人的是，作家们也完全不必担心这个故事已经被别的作家写过。因为在输出故事梗概之前，智能机器人已经对所有已经发表过的故事进行检索比对，确保这条故事梗概独一无二的原创性。

听说有这等神奇的智能机器人投入市场，作家们一下子乐开了花,纷纷花大价钱买入。很快,作家们又重新恢复了往日神韵,一个个倚马千言,电子书市场很快又重现了往日的火爆光景。

几乎与作家们欢呼雀跃的同时,茹比却在传媒界引起了广泛的争议。人们争议的焦点是:茹比"创作"出的故事算不算是作家们写的?知识产权该归谁所有?

人类道德与伦理委员会为此展开了专门调查。阿尔伯特委员认为,由智能机器人输出的故事不能算是人类的独立创作,充其量只能算是改编或者再创作,因为人类是在机器人输出的故事梗概的基础上加以创作的。而布莱恩特委员则并不这么认为。他认为,即使是依据智能机器人输出的故事梗概而创作的作品依然是人类的独立创作,因为人类只不过是利用了一些必要的工具来完成自己的劳动。并且,人类从来都是并且必须要借助工具才能完成文学创作活动,以前是纸和笔,后来是键盘和鼠标,现在换成了智能机器人,工具只是在革新而从未有本质上的区别。众所周知,利用工具正是人类之所以为人类的一个重要特征,显然作家们只是很好地利用了这一点。更何况,智能机器人也是依据人类输入的按一定规律排列的关键词才开始创作的,最开始的创作行为也是由人类发起的。

专门委员会为此争论不休。最后,依据常规,阿尔伯特委员和布莱恩特委员进行了长达三轮的辩论。经过漫长的三轮投票之后,专门委员会最终采纳了布莱恩特委员的观点,同意将借助智能机器人创作的故事视为人类的独立艺术创作。等候在人类道德与伦理委员会总部大楼外的作家们闻此消息激动不已,瞬间陷入了狂欢之中。

然而事情到此远未结束。伦理与道德审查虽然已经结束,但知识产权归属问题则是一个更为严肃的法律问题,需要听候人类最高法院大法官们的裁决。

　　人类最高法院的大法官们为此也展开了庄严而谨慎的裁决。经过长达半年的论证之后，大法官们做出了令所有作家都倍感失望的决定。他们认定借助智能机器人创作的故事不能视为人类的独立艺术创作，因此，从法律上，作家们每创作出一篇故事都必须向智能机器人支付一笔可观的改编版权费用。作家们对此甚为不满，他们拿出了人类道德与伦理委员会的决议书试图给大法官们参考。但大法官们不为所动，坚持发布了上述决定。

　　作家们大失所望，纷纷发表声明抗议人类最高法院的这一荒谬决定。但是抗议归抗议，既然人类最高法院已经做出了庄严的决定，那么只能依法执行。该如何执行呢？显然这是荒唐的，因为智能机器人并非自然人，它们根本无法收到作家们寄出的汇款，而作家们也完全不知道要将这样一笔版权费用汇向何处。没有支付版权费用就没有获得授权，没有获得授权作家们的创作活动就是非法的。也就是说，人类最高法院的这一决定从事实上取缔了借助智能机器人创作的合法性。

　　随着纸质书在公元 2325 年的消失，两百年后的公元 2525年，作家作为一个职业也彻底退出了历史舞台，人类终于一劳永逸地迎接了无书时代的到来。

猎人笔记

汽车已经在楚尔尼草原开出二十公里,那只野兔还在不知疲倦地奔跑。

我把头扭向正在开车的特斯勒:"你说的到底是不是真的啊?到底能不能'撵死'兔子啊?"

就在一个小时前,特斯勒坐在呼通穆羊肉馆向我这个初来乍到的外乡人吹嘘道,在楚尔尼草原有一大奇观,叫作"猎兔不用枪"。"不用枪怎么猎兔呢?"我好奇地问特斯勒。特斯勒点了一支烟,慢悠悠地解释说:"在楚尔尼草原,绵延千里都是一望无垠的平原,现在又是草色尚浅的初春,我们发现一只野兔后开车跟在它后面就行了。"

"野兔没有草丛可藏,只能没命地往前跑。整个草原都是无边无际的小草,野兔哪里知道脚下的路没有尽头呢?不出二十公里,野兔就会体力耗尽栽倒在地,到时候你踢它一脚它都不能动弹半步——它已经完全没有力气啦!我们这里管这个叫'撵兔'。怎么样,你没见过吧?"

这简直太不可思议了!辽阔的楚尔尼草原多年前我就心驰神往,哪里知道神奇的楚尔尼草原上还有这番奇景呢?特斯勒绘声绘色的讲述戳动了我的兴奋神经。我腾地站起,拉着特斯勒带我去撵兔。

我们刚上车不久,就在忽尔楞草场碰到了一只又肥又大的兔子,特斯勒连忙开着车紧跟着它不放。特斯勒不时摁着喇叭,我发现兔子一听到喇叭声就会快跑几步。兔子一快跑,特斯勒就加速。特斯勒始终跟兔子保持着三五米的距离。我想开口问特斯勒干吗不直接把车开过去轧死兔子,特斯勒看出了我的疑惑,自己先开口说道:"你别以为能轧死它——兔子贼精了,你一靠近它就钻进车底下不知往哪个方向溜掉了。我刚开始撵兔的时候也跟你一样心急,想直接轧死它,没有一次成功的。撵兔着急不得,你只能紧跟着它,像鼻涕一样黏着它。只要不让它甩掉,不出二十公里,保证把它累趴下。"

我只好闭了嘴,静静地等待那只野兔累死的时刻。

汽车已经开出二十公里,那只兔子却没什么动静,还在拼命地往前跑。我坐不住了,拍了拍特斯勒的肩膀说:"老哥,你不是开玩笑的吧?"

特斯勒摁了一下喇叭,那只兔子立即加快了步伐。特斯勒扭头对我说:"再等等,顶多跑不出三十公里。"

汽车开出三十公里的时候,那只野兔还没有要停下来的意思。

已经四十公里了,那只兔子还在没命地往前跑。

"奇怪了,不可能啊!我撵兔也有些年头了,从来没见过哪只兔子能跑出三十公里的。没想到这么肥大的一只兔子这么能跑!"特斯勒的额头微微冒出了一些汗。我揶揄他说:"这只兔子的祖籍可能是非洲吧,它是兔子里的博尔特。"

特斯勒被我的话激了一下,脸色变得铁青:"就算它是博尔特,我今晚也非得撵死它不可。再把它剥皮开肚,让兄弟尝尝我们楚尔尼草原上的美味!"

过了一会儿,特斯勒突然兴奋得大叫起来:"快看,兔子耳朵耷拉下来了！它快要不行了！"我探出头一看，兔子原本直立的耳朵果然耷拉了下来，像一朵被太阳晒蔫了的枯花一样疲软无力。

特斯勒话音刚落，那只兔子应声倒地。

我连忙跳下车，用脚朝兔子狠狠踢了一脚。那只野兔竟真像一块石头一样，躺在地上一动不动。特斯勒得意地说："你看，我没骗你吧！走，兄弟，我们烤兔子肉去！"

我在穆拉河边生好火，心想着马上就能享用一顿纯天然的野味，竟忍不住像兔子看见了一片苍翠欲滴的草场一样流下了口水。特斯勒对我说，撵死的兔子不像用猎枪打死的兔子，身上没有创口，剥皮的时候兔子还有呼吸还有心跳，肉质松软，入口滑腻，吃起来特别新鲜。特斯勒的话撩拨得我完全没有耐性再等了，我走近特斯勒，想看看有什么需要帮忙的，赶紧弄好让我饱餐一顿呀！

不料，特斯勒忽然噌地站起，将手中的刀狠狠抛向了河水中。我惊诧道："特斯勒，怎么啦？"特斯勒不答话，兀自在河畔蹲了下来。我感觉有些不妙，走过去一看，才发现那只已经被剥掉皮的野兔肚子里的秘密——五只已经成形的兔崽儿挤在了母兔血色的子宫里。

怪不得它没命地往前跑！

自从那晚之后，再也没听说特斯勒撵兔。

孤　独

　　说起来那台电风扇还是何小军和万小霞唯一的共同财产。

　　那是两年前的夏天他俩一起来北京时买下的。他俩租住的小出租屋实在太热，像个火炉似的。尽管他们当时刚来北京立足未稳，而且身上带的钱也花得差不多了，但他俩还是一咬牙合买了这个电风扇。当时花了多少钱现在已经想不起来了，反正不便宜。因为就为了这台电风扇，他俩连续吃了一个月的泡面，两人甚至还合吃过一碗泡面。

　　那个晚上何小军永远都记得。眼看着纸箱里只剩下最后一袋泡面了，他俩谁也舍不得吃，都托说自己在外面已经吃过了。他们哪里舍得花钱在外面吃饭啊！谁都能看出对方是在骗自己，只不过是想把泡面让给对方吃罢了。两人僵持着谁也不肯吃。最后，还是何小军提议说，要不，我们一人吃一半吧！说着，何小军和万小霞不约而同地大哭起来。那个晚上万小霞吃完泡面吹着电风扇就在何小军的床位上睡着了。何小军看万小霞睡得那么香，也不忍心叫起她，就兀自趴在桌子上挨了一宿。

　　是的，何小军和万小霞分别只租了一个床位。他们哪里租得起单间呢？就是一个床位，一个月也得四百元啊！何小军住在二楼东侧，万小霞住在二楼西侧。他们房间的格局都是一样的，不到十平方米的一间小屋子里，安放了上下两层四张单人床，每人有一只很小的储物柜，四人共享一张长条桌，除了床，连坐的地方都没有。说起来,条件比高中学生宿舍还差。

这就是他们在北京的家。每天晚上下班回来之后,他俩就挤在何小军的房间里煮泡面吃。房东是一个很抠的人,不准他们费水、费电在家里做饭。除了每天中午能在公司那边吃一顿米饭外,他们唯一的食物就是泡面。为了省钱,他们早上都不吃饭,饿着肚子去上班。每天晚上回到家吃泡面的时候,他们都狼吞虎咽。万小霞喜欢吃辣的,每次吃泡面的时候都要加满满一勺辣椒酱。电风扇呼呼吹着,泡面呼呼吃着,这是他们一天中最幸福的时光。

何小军很少去走廊对面的女生宿舍。倒是万小霞大大咧咧的,经常趿着拖鞋跑到何小军的房间来。每天晚上八九点的时候格外热,他们租住的地方在中关村附近,外面又是车流声、人流声,沸沸扬扬,汗水不停地往外冒,谁也睡不着。奈何电风扇只有一台,何小军总是把电风扇搬到万小霞的宿舍去,自己拿着一本过期杂志一边扇风一边硬着头皮睡,往往到了半夜还睡不着。

时间过得真快呀,眼看他们来北京之后的第三个夏天正在火急火燎地赶来,看来他们又要开始重温共享电风扇的时光了。说实话,何小军还挺怀念去年夏天他俩一起在电风扇前呼呼吃面的日子呢。

可是就在上个星期,何小军开始独享这台电风扇了。万小霞公司的费总开车把她接走了,之后费总送她回来拿过一次东西,之后,万小霞就再也没有回来。万小霞搬走之后,把这台他俩合资买的电风扇留给了他。一个人坐在电风扇面前吃泡面的时候,何小军总感觉少了些什么,心里空落落的,不得劲儿。

何小军也许是适应不了这样的生活吧,他决定要离开了。明天中午,他就要踏上南下的火车去深圳了,他有一个表哥在深圳开广告公司,家里之前已经联系好让他过去。

最后一次躺在这间他已经住了两年的出租屋里,天气还是一如既往的热,他坐起来开电风扇。接通电源,按二级风,可是电风扇并没有转动。他重新检查了一遍电源,电风扇还是纹丝不动。

电风扇肯定是坏了。何小军躺在床上再也睡不着。

在熙熙攘攘的北京西站,万小霞没来送他。不知为什么,她的手机也关机了,怎么打也不通。何小军一脸疲惫地上了火车,放好行李,刚坐下,车厢里一首《被风吹过的夏天》响了起来。

被风吹过的夏天。是啊,被风吹过的夏天。何小军的眼泪忍不住落了下来。

人类群星闪耀时

国家立法院的现任院长洛克菲勒一上班就接到了一份颇为引人注意的报告。这份报告是谢菲尔德政法大学法学院的终身教授斯坦威尔先生寄给他的,标题叫作《关于申请中止以生物学死亡时间判定人类存殁的报告》。

斯坦威尔教授时常会提出一些令人匪夷所思的议题,公众每每为之哗然,但这样一份耸人听闻的报告还是激起了洛克菲勒院长强烈的阅读兴趣。在报告中,斯坦威尔教授认为,国家长期以来都以生物学死亡时间来判定一个人的存殁是极为荒谬的,因为人类并不是一般意义上的生物,人类是高级动物,人类区别于其他动物的一个显著特点是人类有思想,会进行创造性的思维活动。一个人生物学意义上的死亡并不代表他人文学意义上的死亡。一个人的生物学寿命并不总是等同于他的人文学寿命，甚至可以这样说，通常情况下它们都是不相等的。

斯坦威尔教授声称他是在他的好友兼同事切维克教授的葬礼上想到这个议题的。斯坦威尔教授偶然看到了切维克教授的死亡医学证明书，上面非常精确地记载了切维克教授的生物学死亡时间。斯坦威尔教授认为这份证明书措辞非常准确，因为它只是客观地从生物学角度证明切维克教授已经死亡，而没有提及其他。这从某种程度上启发了他——人类或许并不只有生物学意义上的死亡，或许还有其他角度的鉴定标准。于是他想到了人文学意义上的死亡这个议题。很显然，切维克教授的生物学死亡时间和人文学死亡时间并不是相等的。切维克教授十卷本的日记和读书笔记正由他杰出的遗孀伊梵索娃女士和他们的女儿杰菲琳小姐共同整理，相信在不久的将来就会公开出版。不仅如此，他的讲课笔记、谈话记录、演讲稿和一些散落在各类报刊上的学术文章正在由大学图书馆整理当中。也就是说，切维克教授的思想活动事实上并没有停止，他还将深远地影响人们的生活。切维克教授的人文学年龄必然要远远大于他的生物学年龄。

斯坦威尔教授认为，人文学年龄大于生物学年龄的人并非仅有切维克教授一人，事实上这样的人大有人在，比如国家历史上最出色的诗人雷蒙诺，尽管他的生物学年龄仅有区区三十岁，但他的人文学年龄恐怕要超过三千岁。斯坦威尔教授进一步认为，即使是在现行的法律框架内，也并非完全找不到人文学年龄这个概念的存在。比如《知识产权法案》就规定，著作权的保护将一直持续到著作权人死亡（当然是生物学死亡）后五十周年。这是不是相当于承认一名著作权人的人文学年龄至少要高于他的生物学年龄五十岁？"如此一来，国家居民的平均寿命将大大提高。"斯坦威尔教授最后断言道。

洛克菲勒院长尽管已有心理准备，但他仍然为斯坦威尔教授这个天马行空的议题感到震惊不已。他决定立即召集"立法委员"们来审议这个伟大的议题。

一如洛克菲勒院长的震惊和兴奋，国家立法院的"立法委员"们也对斯坦威尔教授这个惊人的议题表达了他们的激动之情。"立法委员"们纷纷表示同意废止从生物学角度判定人类存殁的荒谬标准，代之以人文学标准。

决议通过的第二天，令所有人都没有想到的是，国家人文与伦理委员会及其下属的办事机构忙坏了。因为他们吃惊地发现，如果依照刚刚通过的人文学标准来判定人类存殁的话，那么这个国家百分之九十九以上的公民寿命将会终止在二十五岁以前。公民们在二十五岁以后除了进行必要的饮食、劳作、消遣和睡眠以外，不再进行任何创造性的思维活动，只是简单机械地重复普通的动物性活动罢了。"他们的生活与一头碌碌无为的野猪毫无分别。"国家人文与伦理委员会的常任主席杜维娜摊开手臂无奈地说。

以人文学作为新标准之后，人们的寿命没有大大拉长反而大幅缩短，这样的结果显然令斯坦威尔教授大吃一惊。他孤独地坐在位于大学教授公寓楼十四层的书房里久久不能平静。尽管在多年前他就已经预言人类群星闪耀的时光不会太久，但作为高级动物的人类竟这么快就濒于灭绝，这是他怎么也没有想到的。

傻瓜金佩尔

六月的一天,我们所有人共同的好朋友、傻瓜金佩尔突然头痛不止。于是他穿过人民公园,经过人民广场,跨越人民大街,来到人民医院,试图找一名大夫解救他的头痛之疾。

金佩尔疾步走到挂号处,挂号员头也不抬地问他:"叫什么名字?"

金佩尔说:"我叫金佩尔。"挂号员递给金佩尔一张门诊挂号单,面无表情地说:"到二楼三号诊室找金大冶大夫。"

金佩尔立即来到二楼三号诊室,将门诊挂号单交给金大冶大夫,金大冶大夫立即接待了他。

"叫什么名字?"金大冶大夫问道。

金佩尔大吃一惊,因为金大冶大夫已经拿到了写有他名字的挂号单,他不需要再问他的名字,但是金佩尔不打算就此纠缠,因为眼下他依然头痛不止,迫切需要大夫的医治。于是他大声告诉金大冶大夫:"我叫金佩尔。"

金大冶大夫立即戴上听诊器为金佩尔诊查病情。放下听诊器,金大冶大夫表情严肃地说:"根据我多年的临床经验,我认为你符合住院指征,应立即办理住院。"

金佩尔又吃一惊,他万万没想到自己的病情已经如此严重,于是立即来到住院处,递上金大冶大夫开具的入院申请单。

住院处的值班人员头也不抬地问金佩尔:"叫什么名字?"

金佩尔大惑不解，入院申请单上明明写着自己的名字，值班人员为何还要多此一举地再次询问？但想到自己现在病情严重，实在不必为这点小事过于计较。于是他大声说道："我叫金佩尔。"

交完住院押金，值班人员递出押金单，面无表情地对金佩尔说："上十五楼找神经内科。"金佩尔立即坐电梯上到十五楼，接待他的金小勇大夫问金佩尔："叫什么名字？"

金佩尔一脸愕然，因为金小勇大夫明明已经拿到写有他名字的住院押金单，但一想到他现在急需住院接受治疗，不必为此纠缠，于是他大声说道："我叫金佩尔。"

神经内科护士很快将金佩尔安排进16号病房，主管护士问金佩尔："叫什么名字？"金佩尔头也不抬地大声说道："我叫金佩尔。"

就在这个上午，在采血室、心电图室、换药室，金佩尔不停地报出了他的名字。金佩尔从来没有感觉到自己的名字如此重要。就在刚才，护士过来给他输液的时候，他又大声说了一遍："我叫金佩尔。"

只是这一次，金佩尔实在没忍住问护士："你为什么每次都要问我的名字？"护士头也不抬地说："因为我必须确认，金佩尔的药是用在金佩尔的身上。就在昨天，六楼的一个病人打错了药，五分钟就死了。"

金佩尔大吃一惊，没想到名字竟然如此重要。因此，每有医务人员走近他，还不等他们开口，金佩尔就大声说道："我叫金佩尔。"医务人员一脸愕然。

等当天所有的药都一一打完的时候，金佩尔长舒一口气，他没有被误诊，也没有被用错药。他身心愉快地走出人民医院，打算回家拿些生活必需品来。

金佩尔走到人民大街上，随手拦了一辆出租车，信心十足地大声朝出租车司机喊道："我叫金佩尔，请准确地把我送到我的家里。"出租车司机大吃一惊，差点把车开出了街道。

从那天开始，金佩尔成了傻瓜金佩尔，也成了我们所有人开心的好朋友。

复仇记

要不然轮不上我主刀的。我相信这一切都是天意。

王广芝被送到我们医院的时候，我一眼就认出了她。我怎么会不认得她呢，就算是烧成灰我也认得她啊。

王广芝是我前女友左晓梅的妈妈。四年前，要不是她横加阻挠，晓梅怎么会离我而去呢？说到底，王广芝就是嫌我穷，嫌我没车没房。一开始，她还假装同意我和晓梅在一起，没想到她根本就没瞧上我。她授意晓梅对我的家庭境况进行旁敲侧击，一旦知根知底便拒绝让晓梅再与我来往。她不也就是一个小科长吗，凭什么这么瞧不起人？

晓梅是爱我的。我相信晓梅是爱我的。但是在王广芝的强迫下她还是离开了我。她是哭着离开我的。我并不恨晓梅，我一点都不恨晓梅，但是我恨王广芝，那个势利眼的王广芝，是她一手毁掉了我的幸福。

我发誓我要杀了她！

王广芝不让我好好活,我就不让她活!我揣着刀在她家小区对面的马路上逛荡了整整一个下午,但是我最终也没有上去敲开她家的门。

你别以为我是因为害怕才放弃了这个疯狂的念头。不,我不会放弃的,我永远都不会放弃的。我一定要报复她,我一定要报仇!但是我要想一个更聪明的办法,既把她弄死又不能让自己陷进去。我不能为了杀掉她而搭上自己的性命。我不是怕死,我只是觉得不值,为了这样一个贪财势利的女人而搭上自己的命真的不值。

君子报仇,十年不晚。我把对王广芝的恨慢慢地压进了心底,但是不代表我忘了。我只是在等待,等待一个天衣无缝的机会。我相信终有一天我会弄死这个女人。

没想到机会就这么来了。

215省道上发生一起大型车祸,伤员全被紧急送到我们医院来了,仅神经外科就送来了好几个,王广芝就是其中一个。

人手严重不够,要不然也轮不上我来主刀啊。

繁忙的工作常常压得我喘不过气来,我承认,这两年我甚至已经忘了报复王广芝的计划,但是一旦王广芝真真切切地出现在我面前,那个遥远的报仇计划瞬间就被激活了。

有那么一瞬间,我甚至兴奋得跳了起来。不是因为我终于等来了第一次独立主刀做手术的机会,而是因为我终于可以实施我的报复计划了。

这可不能怪我,是王广芝自己找上门来的——天堂有路你不走,地狱无门你偏偏闯了进来。王广芝啊王广芝,既然冤家聚头,那就不要怪我不客气了。

这是我第一次在没有张主任的指导下主刀。如果发生意外,或者医疗事故,我顶多是被医院处分,罚款,最严重也就是被辞退,不会有别的问题。

这是一个千载难逢的机会。

这是一个巧妙得令人难以置信的机会——突发车祸,抢救伤员,医院人手不够,没有独立主刀经验的年轻医生临危受命,不得不来到无菌手术台前拿起手术刀,果不其然发生意外……简直太巧妙了。

我相信这是上帝在眷顾我,是上帝在成全我这个蛰伏多年的计划!

我发现我的手在颤抖。

全世界没有一家医院的抢救成功率是百分之百,没有一个医生敢保证把所有的急诊病人都救活。现在是抢救啊,没抢救过来的事情天天都在医院发生,太稀松平常了。

我发现我的手在颤抖。

做手术剐到了大动脉是常有的事,病人在手术中大出血是常有的事,发生意外也是常有的事。没有什么值得大惊小怪的。况且,王广芝被送来的时候颅脑就已经碎得跟豆腐渣一样了。这样命悬一线的病人没抢救过来,还有什么好解释的呢?

我发现我的手在颤抖。

我知道我只需要稍稍动一下我手中的手术刀,只要一点点误差,王广芝的生命就会马上结束。只要心电图变成一条沉默的直线,我的计划就完成了。

我看见我的手术刀在激烈地颤抖。

这是我人生中第一次在没有导师的指导下主刀做手术,我相信这也将是我一生中最艰难的一台手术。甚至,这也可能就是我从医生涯的最后一次手术。

手术室太安静了,安静得让我窒息。

手术结束了,三个半小时。

手术很成功,王广芝被我救活了。

我长长地舒了一口气,额头上的汗珠再一次冒了出来——尽管护士已经帮我擦了不下十次。

从手术室往外走的时候,我怎么感觉刚才是给自己做了一台手术呢?一台肿瘤切除术。此前一直有一个像石头一样大的颅内肿瘤压迫着我,也压迫得我喘不过气。现在,我亲自把它切除了,我感觉神清气爽,我感到有史以来的轻松,我看到一座大山在我眼前消失了。

现在,我可以安心睡觉了,我想。

弥留之际

"可以说真话吗?"我问我自己。

"是的,你应该说真话了。再不说你就没有机会了。把这些年你心里所有的秘密都说出来。"一个声音对我说。

我决定要在这人生的最后时刻说真话,把所有的秘密和盘托出。

"去告诉李婶婶,那年她家里熟透的樱桃是我偷的,不是村头王二狗干的。"我对围在病床边的儿女说。

"爸,您忘了,李婶婶前几年已经去世了。"

对啊,我怎么给忘了。

"去告诉张老师，那年全镇数学联考我作弊了，我本不该拿第三名的。"

"可是爸爸，张老师早就升迁到省里去了呀。"

是啊，我怎么又给忘了。

"那么，你去告诉王叔吧，那年我们一起做生意时我的确私吞了两万块钱。你们去告诉他我的歉意，并请求他的原谅。我愿意归还原本属于他的那一份。"

"可是爸爸，王叔自从那次和你发生争执后就去了外省啊，我们两家已经快二十年没来往了啊。"

看来我真是老糊涂了。

"那么，你去转告你妈吧，其实除了她，我还爱过另外一个女人。我想知道她会不会原谅我呢?"

"好了，爸。我会转告妈的。"

"那么，还有一件事……"这可是我人生最大的秘密呀，到底要不要说呢? 我正在犹豫，儿女们却开始吵开了。

"我知道您还有一件事要说，爸，您快说吧。"儿女们急切地望着我。

难道他们已经知道我的秘密了吗? 不会吧? 这叫我怎么好意思开口呢?

"爸，您快说吧。我知道您为难，但是您总得说出来呀!"女儿对我说。

"那好吧。"我最终还是决定要把我的秘密说出来。是呀，都到了这个时候了，还有什么好隐瞒的呢?

儿女们听我这么说立刻笑意盈盈。儿子拿出纸和笔，高兴地说:"爸，我知道我们都是您的儿女，您很为难，但是遗嘱还是要立的呀，财产怎么分我们都听您的。您看，我都准备好纸笔了。

您快说吧，爸。"

什么？他们等我这么久就是为了让我立遗嘱呀。这帮混蛋！我刚要发火，一股热流直向我的脑中涌来。我感觉一阵眩晕，想张开嘴说话，可是我根本动不了。

"怎么了？爸，您怎么了？喂喂，爸，您说话啊！"

我恍惚间听到病房里一阵吵闹。

"爸，你说话啊！快说你的房产和存款到底留给谁啊？爸，你醒醒啊！"

我不可能再醒过来，我死了。

未见过大海的人

十个月后，回到花吐古拉嘎查的额尔德木图引起了全嘎查人的不满。

众所周知，曾经徒步八百多里去过陶赖图葛根庙的乌云达来老喇嘛是整个嘎查最受尊敬的人，而二十出头的愣头青额尔德木图竟敢公开宣称他去过上海和浙江，甚至在最东边见到了蔚蓝色的海，这简直是满嘴胡言。

对于哈丹巴特尔草原上的人们来说，花吐古拉嘎查到陶赖图葛根庙的距离简直就是地球到月亮的距离。伟大的乌云达来老喇嘛为了取得令人信服的《甘珠尔》经书，曾经不辞辛苦，昼夜兼程八百里，到达陶赖图葛根庙取得真经。而黄口小儿额尔德木图竟然如此信口开河。浙江，那是多么遥远的地方呢！竟然还放言见过大海,简直是大逆不道。要知道,乌云达来老喇嘛名字的意思就是智慧的大海,额尔德木图几时才能见到智慧的大海呢?

额尔德木图十分沮丧,想不到自己不经意的几句话竟然惹恼了整个嘎查的人们。但是额尔德木图心里实在憋屈,他的的确确是见过大海啊,而且他压根就没有任何炫耀的意思——他只是想给大伙儿介绍一下沿海的情况,分享一下他这几个月的经历罢了。这下倒好,在花吐古拉嘎查人眼里,额尔德木图已经成了一个不守本分、不着边际的人。

想不到才出去了十个月,额尔德木图就变成了这个样子,嘎查里深藏智慧的老人已经开始教育自己的孙子,一定不能像额尔德木图那样癫狂,到什么时候也一定要守住蒙古人的本分。

一天之后,额尔德木图再一次离开花吐古拉嘎查,踏上了远行的旅程。

花吐古拉嘎查的牧民们再一次见到额尔德木图已经是十年后的事了。在此十年间,额尔德木图好似消失了一般,人们没有一丁点儿关于他的消息。就在大家快要把他忘了的时候,这家伙出现了。这一次,额尔德木图是出现在电视上。

整个花吐古拉嘎查只有阿拉坦乌拉老嘎查长家有一台彩色电视机。人们便围在阿拉坦乌拉老人家里,焦急地等待着额尔德木图返回海面的消息。原来,额尔德木图作为龙王号深海勘探项目组的一员,乘坐龙王号深海载人潜水器成功下潜到了海底八千米。

八千米!创造了人类史上一个崭新的深海下潜纪录!所有花吐古拉人都在电视机前见证了这一令人难忘的历史时刻,除了乌云达来老喇嘛——他已经在三年前圆寂。

额尔德木图几乎是从看到大海的第一眼就迷上了它。额尔德木图发现大海酷似他的故乡——哈丹巴特尔大草原。碧油油的大海一如碧油油的草原，只要风吹起来，海浪就会像草浪一样，一浪高过一浪地奔跑起来。这是多么令人激动的画面！这么多年在外打拼，额尔德木图无时无刻不在思念故乡，累了的时候，只要望一眼碧波荡漾的大海，故乡就会像油画一样立即波澜壮阔地铺陈在他的眼前。

额尔德木图就是在这个时候决定要成为一名海洋人的，他想去海洋的深处看一看大海的秘密。由于出色的体能条件和肺活量，额尔德木图很快便如愿成为一名深海潜水员。从此，他几乎每天都遨游在海洋内部。

他了解大海所有的秘密。

巴特尔！坐在电视机前从未见过大海的牧民们纷纷对额尔德木图竖起了大拇指。

不过，额尔德木图目前还没有工夫回到花吐古拉嘎查接受大家的交口称赞，因为他们已经制订出了最新的下潜计划——海底一万米。这个目标可能要到2020年才能实现。为了这个目标，额尔德木图和他的同事们又要开始像哈丹巴特尔草原上的牧民们一样日夜忙碌了。

规　矩

道尔吉老人的牛粪让人偷了。

说偷其实也不准确，因为牛粪并不是道尔吉的牛下的。但这堆牛粪道尔吉老人是围了石头的。围了石头,那这牛粪就是道尔吉的了。

白音胡硕草原上人人皆知的规矩是,一堆牛粪一旦被一圈石头围起来就表示这堆牛粪有了主人,别人是不可以拾捡的。

是谁破坏这个老规矩的呢？真是个不道德的家伙。道尔吉老人在心里骂道。

每年只有捡满十车牛粪才能熬过白音胡硕长达六个月的寒冬,可如今家里只有九车,上哪里再捡一车呢？

面对空空如也的勒勒车,道尔吉老人决定把这个偷牛粪的人找出来。

抽完一锅旱烟后,道尔吉心中已经有嫌疑人选了。

这个嫌疑人就是阿古拉。

道尔吉的怀疑是有道理的。阿古拉是前几天才搬来嘎查的,只有他没有圈牛粪。没有圈牛粪,怎么生火点炉子？怎么熬过这个刺骨的冬天？所以只好去偷了。

道尔吉老人推着空空如也的勒勒车径直走向了阿古拉家。

阿古拉倒是爽快,当即便承认他在乌兰牧场捡了一车干牛粪。"实在抱歉,我不知道白音胡硕草原上的规矩,不知道牛粪被围起来就不能捡。"阿古拉说着就要把牛粪往道尔吉老人的车上装。

道尔吉老人却制止了阿古拉。

阿古拉的牛粪是在乌兰牧场捡的,但他的牛粪却是在巴音牧场丢的。

事情弄清楚了,阿古拉的确偷了一车牛粪,但他偷的不是道尔吉老人家的,而是别人的。

一个很简单的解释是,阿古拉偷了某人的一车牛粪,那人眼见自家的牛粪被偷，只好去偷别人家的牛粪，那被偷牛粪的人家也只好去偷下一家的。这样偷来偷去，最后道尔吉老人家的牛粪丢了。

如果是这样的话，阿古拉作为破坏规矩的始作俑者，导致道尔吉老人牛粪被偷的过错还是在他，他这一车牛粪还给道尔吉老人也没有错。

道尔吉老人却不收。他又抽起一锅旱烟，回头对阿古拉说："我前几天去了一趟赛罕牧场，发现那里还有些牛粪没有人围。就是远了点，从这里往北，大概十来里路，你抓紧时间去捡回来吧。冬天没有牛粪怎么能成？"

这些牛粪是道尔吉老人原打算自己去捡回来以备不时之需的。现在，他决定让给阿古拉。

阿古拉连声称谢，连忙推起勒勒车就往赛罕牧场走去。

伟大的成吉思汗曾经说过："牧场不能一人独占，所有的牧民一起放牧牛羊才会肥壮；美酒不能一人独酌，所有人一起畅饮才清香。"这句话道尔吉老人是突然想起来的，像一个灵光一闪的念头毫无防备地钻进脑海里来。道尔吉老人咂了咂嘴，又燃起一锅旱烟叼在嘴里，推起嘎吱作响的勒勒车就朝家的方向走去。

道尔吉老人抬头看了看天，西天边的云彩不知什么时候已经偷偷变成了乌黑色，一场大雪看起来正准备漫卷而至。

"谁说九车牛粪就一定熬不过冬天呢？我偏要试试。"道尔吉老人在心里说道。

成人礼

我跟在额吉身后,像套马手一样用力挥动手中的皮鞭,驱赶着羊羔胡和鲁向巴音诺尔苏木走去。

胡和鲁是最后一只羊羔了,但是今天我们必须把它卖掉。老师说了,我是三年级唯一一个还没有蒙文字典的人,明天要是还没有,我就不用去学校了。

我把书包往炕上一甩,鼓起嘴说道:"我明天不去学校了。"

额吉吃惊地问我:"怎么了?"

我气呼呼地说:"还不是因为字典。你说了多少次给我买,可到现在我连字典的影子也没见着。老师说了,没有字典就不用去学校了。"

额吉叹口气说:"我不是说等你阿爸从旗里寄钱回来就买吗?"

"你总是说等阿爸寄钱回来,阿爸什么时候寄过钱回来?"我没好气地说,"现在全班都有字典了,就我没有!"

额吉不说话,静静地走了出去。

不一会儿,我听到一阵胡和鲁咩咩的叫声传来,出门一看,原来额吉把它从羊圈里牵了出来。

"走吧。"额吉唤了我一声。我转身进屋,从墙上取下了皮鞭。

我们走到巴音诺尔苏木的时候,天已经完全黑了。只有宝力德的杂货店还点着灯。我不喜欢宝力德,但是只有他的店才卖蒙文字典。宝力德的店里只有蒙文字典一种书,却是整个苏木唯一卖书的店铺。

我们只好把胡和鲁赶进了宝力德的店里。

宝力德见额吉进来,阴阳怪气地说:"乌日娜,你不是又来赊账了吧?"

额吉不理宝力德的话,叫我把胡和鲁牵进来,然后指着胡和鲁问宝力德:"这只羔子值多少钱?"

宝力德走上前来瞧了一眼,眼皮也不抬地说:"才这么大点儿个东西,能值什么钱嘛。"

额吉不满地说:"不值什么钱也是有个价的嘛。"

宝力德点燃一支烟,走到额吉跟前说:"乌日娜,你欠我的账,不打算赖掉吧?"

额吉没好气地说:"谁能赖你那几个臭钱,等那日松寄的钱一到,我一准还你。"

我靠在门板上,微弱的灯光在门板上一跳一跳,额吉和宝力德的影子也在门板上一跳一跳。

我看到宝力德的手重叠到了额吉的影子上。

我听见额吉轻声说了一句什么,宝力德也说了一句什么。

额吉再也没作声。

额吉站在那里一动不动。

宝力德的影子还在晃动着,我抬眼便看见了墙上挂着的各式待售刀具,整整一长排,有柴刀也有镰刀,还有菜刀。

我想,我该抓起一把柴刀,还是一把菜刀呢?

门板上的影子还在跳动,我依然靠在门板上,像额吉一样一动没动。

我感觉墙上的柴刀在叫唤我的名字,每一把柴刀都在叫唤我的名字,乌力吉,乌力吉。菜刀也在叫唤我的名字。

我感觉再不有所动作的话我的身体就会爆炸。我像一只狂怒的苍鹰一样朝空气里狠狠抓了一把,我感觉我抓起了一把柴刀。

我冲着那只手的影子重重地砍了一刀。

影子并没有被我砍断。影子还是影子,只是灯光重重地跳跃了一下。

宝力德显然感觉到了灯光的跳动。很快,他便看到了我手中的柴刀。

我双眼死盯着宝力德说:"宝力德,你的刀真锋利。"

"没管教的东西,宝力德也是你叫的,叫宝力德叔叔。"我听见额吉大声训斥我。

宝力德什么也没说,他用眼神劝止了额吉的训斥,弯下腰找出一本满是灰尘的蒙文字典,拍了拍,然后把它举起来试图递给我。我没有接,他只好把它递给了额吉。

额吉把字典揣进了怀里。

临走的时候,我回头对宝力德说:"宝力德叔叔,你等着,我迟早要来买你的刀。"

那一晚,我拿到了我做梦都想要的字典,我也失去了我最心爱的胡和鲁。相比温顺的胡和鲁,像砖头一样又冷又厚的字典我一点也不喜欢。

那一年我九岁,阿爸一年前去了达日罕旗,从此再也没有回来。

地震的那天

王长贵和李大刚两家到村部的时候，帐篷已经发得差不多了。

准确地说，帐篷只剩下三顶。帐篷是简易帐篷，撑开来面积不大，但是拆卸组装都很方便。眼下余震不断，正是它派上用场的时候。

王长贵家老小五口，李大刚家只有夫妇俩。很简单，王长贵家领走两顶，李大刚家领走一顶。

刘支书在心里也是这么盘算的。李大刚家却不干，也不是李大刚不干，主要是李大刚家的媳妇陈小娥不干。刘支书这就闹不明白了，夫妻俩要两顶帐篷干什么？这不是添乱嘛。莫不是俩人闹别扭了？

还真闹别扭了。

早上地震的时候，被一泡尿憋醒的李大刚索性起床，尿完尿就在客厅里抽烟看电视。地动山摇的那一刻，李大刚吐掉烟头，大叫一声："地震了！"然后就兀自跑下了楼。陈小娥就是为这事生气："你一个大老爷们撇下老婆就这么跑了？你还是不是个男人啊？"要不是现在特殊时期，陈小娥离婚的心都有。

王长贵家也非要两顶帐篷不可。倒不是因为家里人多，一顶帐篷根本住不下，而是因为他家里现在也不消停呢。

事情是这样的。

早上地震时，王长贵倒没有像李大刚那样只顾自己跑，他跑上二楼抱出了还在熟睡中的儿子小冬，没有第一时间去叫醒住在对面老屋里的爸妈。虽然万幸都没有受伤，但是二老也不乐意："不来救我们也就罢了，怎么连朝对面喊一声的工夫也没有？"

老房子还是砖瓦房，王长贵住的是新盖的二层小楼。要是垮的话首先垮的肯定也是老旧的砖瓦房。王长贵自知理亏，面对一脸铁青的爸妈始终没有吱声。王长贵的媳妇杜娟却不这么看："儿子可是王家唯一的命根子啊，难不成不去护他还要先管那两个老骨头？"

王长贵里外不是人。不管怎么说，两顶帐篷肯定是要定了。

帐篷只有三顶，两家都要两顶，怎么说也是不够分的。刘支书就为难了。

"既然都想多要，怎么不早来呀？早来还能给你匀出来，现在上哪儿匀去？"刘支书气呼呼地说。

"家里都乱成一锅粥了，能来不就早来了吗？"

几个人就站在村部门前的空地上你一言我一语地理论着。

一个小时过去了，谁也不让谁。

乌云正在头顶聚集，像是老天爷吹了一声集结号似的，瞬间就黑压压地铺满了河湾村上方的天空。不一会儿，豆大的雨点就砸了下来。

几个人再也无心辩论，赶紧用手遮着头往村部里面跑。

"轰！"几个人刚跑进屋，还没站定，村部就像一个中风的老人一样瘫在了地上。

每个人都躲在自家的帐篷里，巨大的雷声鬼吼鬼叫着，没人听见村部的动静。只有一个救援队开着卡车艰难地朝村部这边驶来。

请听清风倾诉

很快，救援队的队员就在地上发现了三顶富余的帐篷。不消多说，队员们立即跳下车把它们收起来，装上车，在雨幕里继续向受灾更严重的石湾村开去。

一件小事

市长要来咱们村，86岁的德祥老汉作为全村最年长的老人，被安排在村口和村主任、支部书记等村里几位干部一起迎接市长一行。

村主任和书记商量了半天，终于给德祥老汉设计好了台词。主任说："德祥叔，等明天市长来了，他走到你跟前和你握手时，你就说'现在政策真是好啊，农民种田还给补贴，看病有合作医疗，逢年过节村里还给钱。我活了80多年了，也没遇上这么好的时候啊！'，记住了吗？"

德祥叔说："都是大实话，我记住了。"

书记说："就是就是，本来就是大实话嘛。德祥叔，那你练习说一遍。"

德祥老汉就说了一遍："现在政策真是好啊，农民种田还给补贴，看病有合作医疗，逢年过节村里还给钱。我活了80多年了，也没遇上这么好的时候啊！"

主任说："嗯，德祥叔记性真好。来，抽根烟。德祥叔，这可是市长第一次来咱们村，不能说岔了啊，回去好好练几遍。明天早上八点准时来村口等，不要忘了哩！"

德祥老汉点了点头："不敢忘,哪敢忘哩。"

第二天早上德祥老汉到村口的时候,主任、书记已经等在那里了。书记招呼了一声:"德祥叔,来啦!"

德祥老汉嘴里叼着烟,应道:"来哩。"

书记说:"待会儿市长来,莫要紧张哩。"

德祥老汉擤了一把鼻涕,说:"不紧张,不紧张,紧张啥子?"

等了快两个钟头,一辆黑色的小轿车终于停在了村口,下来了市长。德祥老汉连忙上前握住市长的手,颤抖着说:"市长,你好。现在政策真是好啊,农民种田还给补贴,看病有合作医疗,逢年过节村里还给钱。我活了80多年了,也没遇上这么好的时候啊!"市长一脸尴尬,刚要问是怎么回事,书记扑哧一声笑了:"德祥叔,叫你莫要紧张啰。这哪里是市长,这是咱们乡的乡长哩。"

哦,原来不是市长,是乡长,德祥老汉搞错了。也不能怪德祥老汉,老汉一辈子没出过清沟山,没见过乡长,德祥老汉挠了挠头上梳得整整齐齐的白发,尴尬地站在一旁。

乡长说:"市长明天才来。我之所以通知你们市长今天来,是要让你们做好充分准备,我们这个穷山沟子,市长来一回不容易。刚才这位老人家的发言很不错,看来你们准备得也不错哩。"

书记说:"就是就是。市长要来,虽说是来溜达一圈,扭屁股就走,我们也不敢大意。乡长,我们特意安排村小学食堂的王师傅给大家烧了几个菜,既然市长明天才来,我们先去村委会喝几杯。天怪冷的,我们也莫在这里等哩。"

乡长吸了一下鼻子,说:"那好,就按你说的办。"说完乡长招呼书记和主任上车。主任上了车,又摇下车窗对德祥老汉说:"德祥叔,明天莫要忘了准时来迎接市长哩。"

德祥老汉招着手："不敢忘,哪敢忘哩。"

第三天早上德祥老汉到村口的时候,乡长、书记、主任他们已经等在那里了。又是等了三个多小时,快中午了,市长的两辆小轿车终于停在了村口。德祥老汉迎上去颤巍巍地握着市长的手说："市长好。市长,现在政策真是好啊,农民种田还给补贴,看病有合作医疗,逢年过节村里还给钱。我活了80多年了,也没遇上这么好的时候啊!"

市长刚要开口问怎么回事,乡长先开口了："这哪里是市长,这是我们县长哩。"

哦,原来不是市长,是县长,德祥老汉搞错了。也不能怪德祥老汉,老汉一辈子没出过清沟山,见过最大的官就是昨天见到的乡长,哪里见过县长哩? 德祥老汉挠了挠头上梳得整整齐齐的白发,尴尬地站在一旁。

县长严肃地说："市长明天才来。我之所以通知你们市长今天来,是要让你们做好充分准备,我们这个穷山沟子,市长来一回不容易。刚才这位老人家的发言很不错,看来你们准备得也不错哩。"

书记他们领着县长一行去村委会吃饭的时候,主任没忘了提醒德祥老汉明天准时来村口迎接市长。

第四天早上德祥老汉来到村口的时候,村口一个人影儿也没有。德祥老汉就站在村口等,左等右等也不见人来,快到中午了,德祥老汉熬不住,就去村委会找村主任。主任一挥手,说："昨天夜里接到电话,市长临时有事,不来咱村啦!"

德祥老汉心里一咯噔,市长怎么说不来就不来啊? 前几天已经在电话里告诉儿子,这几天就要见到市长哩,跟市长握手合影,听说还要登报,这下可咋办哩?

第五天早上，人们又看到德祥老汉去了村口，大家都问："德祥叔，做啥哩？"

德祥老汉坐在自己带来的小板凳上，嘴里吧嗒着烟，悠悠地说："晒晒太阳哩。"

重讲一遍的故事

哈图回到草原上的这个小嘎查是两年后的事。

哈图两年前去当了兵，两年后退役归来的哈图成了英雄。凭什么说哈图是英雄？因为哈图回来的时候胸前戴了红花。

听说哈图在部队立过三等功，这叫大家是不敢相信的，两年前的哈图还窝窝囊囊，别说套马啦摔跤啦这些男人的活计哈图赢不过别人，就连一个人走夜路他都胆怯，怎么一进部队就脱胎换骨，反倒成了英雄呢？

两年前的那场那达慕大会整个嘎查的人至今都还记得。哈图刚一上场就被小他四岁的呼日勒狠狠摔倒，躺在地上再也爬不起来。摔跤比的是男人的力量和勇气，没想到身高马大的哈图竟然是这样一个窝囊废！全嘎查人乐不可支，从此这件事成了全嘎查人的笑柄。哈图一气之下就去当了兵。

都说部队是练兵场，再孬的人也能给你练出一副钢筋铁骨来。大伙对这话将信将疑。大家对哈图是怎样从一个窝囊废变成英雄的深感兴趣。闲下来的时候，大伙就围着哈图问这问那：哈图，你是咋立的三等功？哈图只低低地说一句：都过去的事了，有啥好说的。

你就说说呗，有啥好保密的？性急的人不肯放下话头。

真没啥好说的，都是小事。哈图还是不肯说。

小事能给你记三等功？不要搪塞大家嘛。你不肯说，莫非你的三等功是假的？说话的人用了激将法。

是啊，不会是假的吧？人群里马上就有人附和。

哈图面对大伙一脸的质疑，讪讪地走了。

哈图这一走更加重了大伙的怀疑，莫非哈图所谓的三等功真的是假的？谁也没见过哈图的军功章呀！那凭什么说哈图就是英雄？

再碰见哈图的时候，好事的人还是不肯罢休，追着哈图说：哈图，我这辈子还没见过军功章呢，你拿出来让我开开眼。

哈图说：我要去学校，没工夫给你拿。再说，也没啥好看的。

说完哈图就加快脚步走了。

哈图回来之后一直在嘎查小学当门卫兼司铃。学校穷，买不起电铃，上下课的时间到了哈图就去教学楼敲铃，但今天是周末，学校早放假了，哈图还去学校做什么？哈图分明是在搪塞自己，说话的人就不乐意了，远远地喊道：要是没有那玩意儿就不要吹牛吧，还真把自己当英雄啦？

哈图只当没听见，头也不回地向前走。

哈图一点也没变，还是当初那个窝囊废！人们这样议论的时候，哈图每天照样去学校，好像大家议论的不是自己，而是一个与自己毫不相干的人一样。

这年的天气说也奇怪，连绵的大雨下了一个夏天也没停。这在往年是很少见的，在草原向沙漠过渡地带，十年的雨水也不见得有今年多。洪水是在下午三点的时候冲进学校的。伊古达河决堤了,谁也没想到伊古达河会在这个时候决堤,因为上午雨就停了。况且,伊古达河从来也没决过堤。

哈图是第一个发现伊古达河决堤的人。后来哈图对大家说,他在部队抗过洪,他是听到洪水的嚎叫声判断出决堤的。哈图在洪水越来越尖锐的嘶吼声中拼命向教学楼跑去,一边跑一边喊:大家快跑呀,洪水来啦!由于连月来的暴雨袭击,按照上级的要求,学校提前进行过应急训练。这回真的派上用场,大家都有些手忙脚乱,但万幸的是,全校 120 多个孩子都及时跑到了高坪上。为了预防洪灾,上级教育部门专门拨款修建了这个高坪,虽然有些挤,好歹能让大家躲过一劫。

刚上高坪,洪水就卷着泥沙远远地奔袭而来。乌云校长立即清点人数,却发现三年级少了两个学生!三年级的班长这才想起来,下节课要搞大扫除,那两个学生是值日生,刚去学校后院领劳动工具,现在可能还在路上!话音刚落,哈图就听到从洪水里传来呼喊声,正是那两个孩子的声音!哈图二话没说一头扎进水里,逆着水流向两个孩子游去。那两个孩子手拉着手抱着一棵小树被洪水冲得摇摇晃晃,吓得大哭起来。哈图拼命向他们游去,就在快要接近的一刹那,一个浪头打来,洪水把他们三人连同那棵小树一起卷向了下游……

哈图趁势抓住两个孩子的手,但更凶猛的洪水再次扑来,很快,他们三个连成一体消失在了大家的视线里。

洪水一直把他们仨冲到了南沙野,哈图一直没松开他们的手,他们抓住一截断桥墩挺了一夜。等洪水终于过去,哈图把两个孩子送上岸的时候,已经完全没了力气,躺在岸边足有半小时动弹不得。

人们都以为哈图死了。当哈图领着两个孩子回到嘎查时,巴

请听清风倾诉

特尔！巴特尔！大家兴奋地冲着哈图喊。

后来，哈图向大家说出了自己的故事，他在部队抗过洪，那枚军功章就是在抗洪时得的。他得了军功章，可是他的两个战友却被洪水冲走了，连遗体都没捞到……看到军功章，他就会想起战友，就会想起当时那一幕，他们离他那么近，只隔着一只手的距离，只要再靠近一点点，他就可以抓住他俩的手，可是他没有抓住……

哈图说着禁不住流下了眼泪。大家都擦着泪，哈图长舒一口气，接着说：幸运的是，这一次，我抓住了那两双手。

巴特尔！巴特尔！众人又发出一阵山呼海啸般的呐喊。

保　鲜

我老婆多少有点歇斯底里。就因为一块钱，她又要和我闹离婚，要说这事儿你都不信。

这是怎么回事呢，听我同你讲。

今天上午九点半，我正在办公室一边喝茶一边看晨报，突然手机响了起来，是交通局的老覃。老覃说他就在我楼下，给我找了个活儿，给交通局拍个纪录片，事成之后给三万块钱，问这活儿我愿不愿意干。

交通局是个有钱的单位，富得流油，不像我们电视台穷得叮当响。这么个肥缺我当然愿意干。老覃说：那行，你下来拿材料。我就不上去了，刚才看到你们电梯坏了，11楼呢，我可不爬。

电梯早上就坏了,还没修好? 我心里这么想着,嘴上连忙说:那我就下来,你等我。我撂下电话,锁上门,走楼梯下了楼。

老覃怀里抱着一个公文袋,说:里面有文字材料也有光盘,要采访、要拍现场随时联系我,该怎么办你就怎么办,反正这事是你的专长,我们只要现成的纪录片,其他的一概不管。

我说:片子什么时候要?

老覃说:半个月够不够?

我说够,说完就准备上楼。老覃诡异地朝我一笑,照着我胸口就来了一拳,嬉笑道:你小子行啊,没掂出袋子里有钱吗? 老兄我给你找这么大个活儿你都不表示一下?

我打开公文袋,里面果然有钱。我问:这是什么?

老覃说:预付款。

多少?

五千。

我也照着老覃胸口还了一拳,笑着说:你真不愧是"覃"老勇敢、诡计多端啊! 行,今天我请客,你说上哪就上哪。

我知道老覃说的"表示"是啥意思,无非是请他出去喝几杯。老覃爱酒,我也爱酒。反正我也好些天没喝了,这阵子咳嗽得厉害,老婆看得紧,我一碰酒杯她那张脸就比苦瓜还难看。现在挣了这笔外快,出去喝酒我也有点底气了,一旦老婆大人怪罪下来,我也好拿这三万块钱当挡箭牌啊。

那就去北国食府吧! 老覃说。

在北国食府三楼春华阁坐定,酒过三巡,我一瞅墙上的钟,不好,十一点了,我得去接女儿。女儿在师大附小上一年级,离我单位比较近,所以一般都是我接送。女儿 11 点 15 分放学。我连忙去结账,一算账,六百,心里咯噔一下。

请听清风倾诉

我咬咬牙,接这么大个活儿,花六百也值!

跟老覃匆匆道别,我就直奔师大附小。等走到校门口,女儿已经站在那里等我了。

我牵着女儿上了公交车。公交车很挤,我向司机出示了一下女儿的月票,又掏兜找一块钱零钱给自己买票。我明明有几张零票的,但是我把全身上下四个兜全都掏遍了就是没有一块钱。我这才想起来,早上老覃找我的时候走得急,我忘了夹上公文包了,那些零钱全在公文包里。

我只好从那剩下的4400块预付款中抽出一张百元大票,硬着头皮对司机说:我身上没零钱了,你看这一百块的能找开吗?

司机白了我一眼:你见过拿一百块钱坐公交车的吗?

我说:真没见过。

我只好掏出手机给老婆打电话,让她赶紧拿着一块钱下楼到公交站牌下"救驾"。可是我一摸兜,才发现手机也忘在了公文包里。

这下就麻烦了。

我向司机解释,司机一听是这样,立马吵起来,回过头对着车厢说:大伙见过拿着百元大钞坐公交车的吗?

我的脸红一阵白一阵。

这时,一个戴着墨镜穿着红色夹袄的女人"叮咚"一声向投币口里投了一块钱,对司机说:你就别吵了,他的钱我付了。你把头扭回去,眼睛盯着前边,好好开车。

这个女人真有个性,我还没来得及向她说声谢谢,就被人流挤下了车。

我正准备向老婆报告今天捞的外快,女儿抢先一步打起了小报告:妈妈,今天在公交车上有个女人替爸爸投了一块钱硬币。

老婆回过头看我:有这事吗?

我点点头。

那女人你认识吧?

不认识。

你想想,你会掏钱替一个陌生女人买车票吗?

我想了想,说:真不会。

妻子凑近我,闻了闻,说:你上午喝酒了?

我点点头。

和那个女人一起喝的吧?

不是。

不是的话,那你的钱去哪里了呢? 我早上还特地给你拿了钱,怎么现在还要别人给你买车票?

我想了想,挠了挠头,说不出话来。

老婆走进书房翻抽屉,我说你干什么?

找结婚证。

找结婚证干什么?

离婚。

老婆不是第一次闹离婚了。我烦得要命,但是没有办法。看来,一场口舌之战又在眼下。

毁了我父亲的第三件事

　　毁了我父亲的第一件事是若干年前的一次搬家。尽管这次搬家并非出自父亲的意愿，而是遥远的五百年前我们的远祖胡一世做出的抉择，但父亲固执地认为，正是远祖那冒失的决定毁了我们的幸福生活。

　　从族谱上语焉不详的记载来看，我们胡氏这一支的祖籍应该是山高水长、鱼肥茶酽的巴楚之地，而不是这鸟不拉屎的大庸山麓。"如果生活在巴楚之地的话，我们不说大富大贵，至少也应该是个殷实之家，"父亲气愤难平地把族谱狠狠甩在桌子上，然后继续骂道，"真不知道那个愚蠢的糊涂虫当时是哪根筋搭错了，搬到这么个穷山恶水的地方！"

　　我那遥远的祖先胡一世，也就是我父亲口中那个愚蠢的糊涂虫，可能做梦也想不到在他死后数百年还要遭受他的直系子孙毫不留情也毫无根据的谩骂。我们那里骂人时喜欢上溯到祖宗十八代，而我的父亲可能直接追溯到了二十八代。

　　毁了我父亲的第二件事也是搬家。这次搬家毫无疑问是父亲做出的决定。他决定把家搬回我们之前的祖籍巴楚之地。父亲这样做当然有他的道理。既然他已经先入为主地认为如果我们家在巴楚之地的话一定会生活殷实，那他自然应该搬回去试一试手气。

　　"我们的家在巴楚之地一个叫殷昌的地方。"父亲的这句话让我们目瞪口呆。因为翻遍整套族谱也找不到任何关于殷昌这个地方的哪怕一句记载。但是父亲坚持认为我们的故乡就在那个地方，他是经过一番复杂的论证之后得出的结论。

父亲的语气坚定而不容置疑。宣布完这个惊人的结论之后，父亲便踏上了寻找殷昌的茫茫旅途。

我和父亲是在一个阴雨蒙眬的清晨到达巴楚之地的。是的，父亲带上了我。也许父亲觉得要找到殷昌并非易事，也许会耗费诸多时日，父亲希望我或多或少能给予他一些帮助。而实际上我对此并不乐观。在父亲的设想中，殷昌当然是个古地名，现在的中国地图上自然早就没有了它的踪影。在我们踏上旅途之前并不多的时日里，我曾试图寻找一些关于殷昌的文献资料，哪怕是一篇略微提及殷昌的历史论文，也足以令我欣喜。因为那至少可以证明父亲的结论并非毫无根据。可是令我失望的是，我并没有找到任何一星半点关于殷昌的记载。我为此隐隐感到担心。

我们跑遍了巴楚之地的每一个县，翻阅了每一个县的县志。那些孤零零地躺在尘埃里的县志被我和父亲翻阅得洁净如新。我们抖落历史的尘埃，试图从那些古老的文字中找寻到关于殷昌的蛛丝马迹。其结果我早已料到——任何一部县志都没有任何一处关于殷昌的记载，一如这个地名根本就不存在一般。

事实上，这个地名本来就不存在。殷昌，就是"殷实昌盛"的意思，明眼人一眼就能看出来，这仅仅来自父亲美好的想象罢了。父亲却不愿意承认这一点，他为此大感失望并痛苦不已。

我和父亲铩羽而归。父亲从此一蹶不振，对我们原本就岌岌可危的生计再也不肯施予任何关心了。

很快，毁了我父亲的第三件事就发生了。那是一条令人毛骨悚然的电视新闻——由于三峡水利工程的实施，无数个村镇一夜之间被长江之水淹没，从此永埋江底，不复有重见天日之时。

父亲毫不怀疑地认为，那个名叫殷昌的地方恰在被淹之列。父亲永远也不可能搬回祖籍之地了。一个人永远无法回到故乡，你完全可以想象那时我父亲内心深处无法言说的悲凉。父亲孤独地站在那里，我永远也无法忘记那一刻父亲悲怆的形象。我感觉父亲随时都有可能倒下去，就像无语西沉的夕阳。

那是我记忆中最后一次看见父亲。就在那一天，父亲像一滴水一样消失了。从此音信杳无，没有人知道他去了什么地方。

一个真实的故事

大黄狗虎子跟着老人已有五六年了。

老人是个拾荒汉，在这个中部的小县城靠捡破烂为生。虎子是只流浪狗，老人发现它的时候，虎子浑身是伤。不知道虎子是同哪只狗打架负的伤还是被哪个缺德鬼给打的，总之，老人看见它的时候，虎子已经奄奄一息，它就那么耷拉着脑袋趴在一只绿色的垃圾桶旁，身上的皮毛掉了好几块，肚子上还有不少血迹。老人看着它可怜，就把它抱上了自己那辆破三轮带回了家。

老人把虎子抱回家的时候才发现，虎子是一只瘸狗，虎子走路的时候左前腿几乎不能着地。老人找了些破布线头什么的给虎子包扎了一下，去饭馆门口找了些剩骨头、汤汤水水什么的喂虎子，不出几天，虎子竟然又能四脚着地了。

虎子不叫虎子，虎子是老人给它取的名字。这个名字还真没取错。不出半个月,满身是伤的虎子竟然又重新生龙活虎起来,就像从来没受过伤一样。

老人看虎子养好了伤,就想着把它送走。家里一下子多了一张吃饭的嘴,老人实在养不过来。老人把虎子抱上三轮车,一口气开出十几公里。出了城,老人扔下虎子就往回跑。起初虎子还跟着三轮车跑,渐渐地,没影了。老人这才舒了一口气,可是,等老人晚上干完活回来时,虎子早就等在门口啦。

老人连忙下车摸摸虎子的头,笑骂道:"你这个坏东西!"

老人再没动心思要把虎子送走。其实老人心里也舍不得虎子啊!扔下了虎子,老人一整天都跟丢了魂似的,心里都在想着虎子是不是还能找回来呢?如果虎子回来……听天由命吧!

没想到虎子真回来了!

从此虎子就再也没离开过老人半步,老人走到哪里,虎子跟到哪里。不仅是跟着,虎子还能帮老人干活。每到一个垃圾堆旁,虎子就跳下车用前腿刨垃圾。虎子好像知道老人要捡什么似的,用前腿在臭烘烘的垃圾堆里刨出塑料瓶子、纸壳子、易拉罐什么的,然后用后腿蹬给老人。附近认识老人的熟人就开玩笑说:"你可真有福气哩,找了这么个好帮手!"老人就乐呵呵地笑。

当然,老人也从没亏待过虎子。如果只剩一个馒头,老人肯定会掰半个给虎子吃。睡觉也挨着虎子,老人睡床上,虎子睡地上。老人关掉灯,喊一声:"虎子,睡觉!"虎子就再不动弹,老老实实趴在地上。

老人每天早上载着虎子出门,晚上载着虎子回来。老人和虎子配合默契,上下车都不用老人抱了。老人喊:"虎子,上车!"虎子就跟真听懂了老人的话似的,后撤几步,纵身一跃跳上车。老人又喊:"虎子,下车!"虎子就应声跳下车。后来都不用老人喊,虎子就知道自觉地上下车。老人一坐上车，虎子也跟着跳上来。老人一停车，虎子立马跳下去。得了这么一只听话的狗，周围的人都羡红了眼。

直到那天晚上，老人把虎子狠狠揍了一顿。那天大半夜，虎子突然汪汪大叫，把老人吵醒过来。莫非是遭贼了？老人爬起床，不禁兀自笑道："遭什么贼？这破房子啥也没有，有啥好偷的？"老人于是像往常一样命令道："虎子，睡觉！"可是虎子并不听老人的，还是大声叫。虎子叫得人心烦，老人就随手抄了根木棒打了虎子几下。谁知虎子不仅不住嘴，反而叫得更欢了。老人不得不起身把虎子赶出了屋外，然后"啪"的一声关上了门。

地震是后半夜突然发生的。老人还来不及反应就被一块预制板压住了双腿，动弹不得。外面一片漆黑，就在这叫天天不应叫地地不灵的时候，老人听到了虎子的叫声。虎子不知从什么地方钻了进来。虎子用嘴叼开老人身边的几块杂物，就开始刨地。虎子用前腿刨啊刨，不知刨出了多少土，才在老人身下刨出了一个箩筐那么大的洞口，老人这才顺着洞口慢慢爬了出来。

老人这才知道自己错怪了虎子，老人抱着虎子就流出了泪。他们在黑暗中紧紧抱在一起，等人来救援。一有人声靠近，虎子就汪汪大叫。直到天蒙蒙亮，终于有救援队发现了他们。救援队救出老人的时候，老人叫喊着说里面还有一只狗，说完救援人员就要送老人去医院。老人说："不，我要亲眼看着你们把虎子救出来我再走。"救援人员说："大爷，你流了好多血，我们要抓紧时间啊！"老人说："我不走。虎子救了我的命，我不能抛下它不管。"大家拗不过，很快又把虎子救了出来。

老人看到虎子眼泪就流了下来，虎子刨地的两条前腿已经磨去了毛和皮，就连里面露出的白骨都被蹭掉了一层……

多亏虎子在老人身下刨出了一个坑,分担了预制板的压力,老人的腿竟然奇迹般地保住了。只是虎子的两条前腿没保住,虎子又成了一条瘸狗。

虎子的腿再也没有好起来。老人走到哪里,就把虎子抱上车带到哪里。从此,老人和老人的那辆旧三轮就成了虎子的腿。

世上的光

新皇帝弘午帝旋一登基,朝廷一纸禁令就贴满大江南北:自即日起,民间禁止私铸兵器,胆敢有私铸者,一律格杀勿论;已持有各类兵戈者,须于三十日内上交官府,若有私自藏匿或逾时未交者,亦立杀不贷。

此令一出,江湖哗然。然不出半月,武林三大门派掌门岳腾冲、车七夜、上官门便自行收缴门下所有兵器送交官府。朝廷大喜,以三人缴兵器有功,分别赐以高官厚禄,总领民间禁绝兵器之事,继续领兵追缴民间遗存武器。

三大掌门携手攀附朝廷,如此可耻行径,武林中人无不顿首唾骂。然缴兵器事急,众豪杰尚不及联手声讨,三大掌门挥兵已至。江湖一时血流成河,不知多少英杰死于乱刃之下。

新皇帝弘午帝本非太子,乃是先皇之弟、太子之叔,此番叔篡侄位,朝野上下多有不平,出此禁武急令,也是怕民间起事谋反。只要禁绝了武器,民间如何谋得了反?所以此番禁绝兵刃,并非只为了禁绝武器,而是为了禁绝武人;也并非是要禁绝武人,而是要禁绝武侠。只要民间没了任侠之气，众人皆做了忍气吞声的顺民，谁人还敢谋反起事？朝廷这一禁令真是歹毒！

仅一月有余，三大掌门便领兵横扫各大门派，天下奇兵异刃尽被掳去。然纵使三大掌门辣手铁腕，却有一样名刃尚不知所踪。这一样兵器不是别的，即是那号称天下第一名刃的无影剑。无影剑因"快如闪电，杀人无影"而得名，武林皆视之为无上珍宝，莫不爱之惜之。

那无影剑不在别处，正在我的手上。师傅将剑交到我手上时已奄奄一息，他嘱托我一定要好好保管无影剑，无影剑乃是天下兵刃之宗，千万不可落入敌手。我知道，现在无影剑是比我的生命还要珍贵的东西，师傅的希望在这里，武林的希望在这里，武侠的希望也在这里！但我感觉我快不行了，我已经身负重伤，三大逆贼也已经知道了我的下落。作为七月派上下一百七十三口中唯一"活不见人，死不见尸"的人，他们当然已经知道我就是那个带走无影剑的人。我知道，他们很快就要找到我了。

我在叶灵姑娘这里躲了三日，我感觉再也躲不下去了。叶灵姑娘的父亲叶一南与先师褚如孤生前是至交好友。然叶一南老前辈早已看透武林纷扰，始终不肯叶灵姑娘沾染半点武林中事，从小也是不肯让她学习半点武艺。要不是此番遭此大难，我是断不会来投靠她的。想到这里，我决意立即离开，万不可因此连累无辜的叶灵姑娘。

我从病榻中睁开双眼，正欲起身，却动弹不得。原来我已双手双脚被人缚住。

我挣扎着坐起身，发现自己被困于一暗室中，室内只有一灯一案，再看时才发现案上有一信，我用嘴打开信，看出那是叶灵姑娘的笔体：

118

华君兄,见此信时我已穿了你的剑服,偷了你的剑鞘,乔装了你的模样,引官兵至龙岩火山前,在众目之下跃身火海,让天下人以为赵华君、无影剑人剑俱焚,不复存在于世。

华君兄,绑你的绳索挣扎三日可解。不要来找我,不要为我报仇,君要继续精心护持无影剑,苦练武艺,以重振武林大业为重。我死事小,武林事大,勿以小仇乱大业,铭之切切……

闭上双眼,我的眼泪不住落下来。叶灵姑娘佯装成我纵身火海的身影仿佛就在眼前——我仿佛看见了侠的影子。

我突然发现,那些曾经道貌岸然、一副君子模样的岳腾冲们是多么渺小,他们纵然武艺高强,也永远成不了侠,只有叶灵姑娘才是侠,一丁点武功都不会却侠肝义胆的真正的侠。

纵使兵刃绝,尚有侠气在。纵使无武,也必有侠。我知道,只要有叶灵姑娘这样的人在,朝廷的禁武令就永远不会得逞。我想,日后我一定要写一本《武侠传》,打头第一个便写叶灵。

莫雷尔的发明

星期三上班的时候,我接到了斯维尔小镇上一位自称莫雷尔的农场主打来的电话,他在电话里不无自豪地说:"尊敬的记者先生,经过三年多的努力,我终于培育出了世界上第一只四翼鸡——四只翅膀的鸡!这可是伟大的发明,难道您不这么认为吗?"

我来《星克顿快报》上班已经六个月,这样的奇闻还是第一次听说。四翼鸡——听起来真不错。我想厌烦了那些无趣的金融新闻的读者们一定会对这个新鲜事感兴趣的。是啊，读者们总是喜欢猎奇的。于是我向莫雷尔要来了他的具体地址，答应马上去他的农场采访他。

开车不到半小时，我就赶到了莫雷尔的农场。说实话，莫雷尔的农场还真是不小，莫雷尔对我的到来感到非常兴奋，马上带我找到了那只四只翅膀的鸡。它被关在一只笼子里，这只鸡除了拥有四只翅膀之外，看上去和别的鸡没有任何区别。"这真是个不错的发明！"我赞扬道。

"谢谢！"莫雷尔高兴地说，"记者先生，我希望你能把它写下来，让整个城市乃至整个国家的人都知道我发明了世界上第一只四翼鸡！"

"这个没有问题。我相信读者也会对这条新闻感兴趣的。只是，让我不解的是，你为什么要培养出这样一只长了四只翅膀的鸡呢？"我问道。

"难道你没发现整个国家的人都像疯了似的迷上了吃鸡翅吗？烤鸡翅、炸鸡翅、麻辣鸡翅、可乐鸡翅，总之，他们只喜欢吃鸡翅，贵报不是报道说光感恩节这一天整个国家就要消费 15 亿只鸡翅吗？天哪！这个世界上哪来这么多鸡翅啊！一只鸡只能长出两只鸡翅来，而我的农场一年只能养这么多鸡，如果养得更多的话，我想，要不了几年，我的农场就会连一棵草根也找不到了，我真不敢想象这里的生态一旦被破坏了将会怎样……于是，我不得不想方设法培养了这只四翼鸡，有了这个发明，养同样数目的鸡就可以生产多一倍的鸡翅。你看，这是不是个好主意？"莫雷尔比画着说。

"这么说，你其实是出于保护生态平衡的目的才培养了这只四翼鸡?"我赞叹道。

"如果你愿意这样报道的话,我也不反对。"莫雷尔高兴地说。

"那么,你愿意透露一下培养这只四翼鸡的方法吗?"我问道。

"你知道的,暂时我还不能透露太多。请原谅,记者先生,卖鸡翅毕竟是一门生意。"莫雷尔耸了耸肩。

"哦,抱歉,我不该问及商业机密的,"我接着说,"那么,你是否愿意打开笼子,让我给这只四翼鸡拍张照片呢?我想,没有图片的话,这个报道估计没有多少读者会相信。"

"当然愿意!"说着莫雷尔就打开了笼子。

鸡本来是不会飞的——两只翅膀根本不足以托起它那笨重的躯体——这是常识——但是那仅仅是针对只有两只翅膀的普通鸡来说的,长了四只翅膀的鸡就不一定了。莫雷尔刚一打开笼子,那只鸡就"嗖"的一声飞了出去。莫雷尔急得又嚷又跳,却毫无办法,只能眼睁睁地看着它高高飞走。眼看着四翼鸡像一只老鹰一样越飞越远,莫雷尔急忙向豪威斯农用飞机公司的工作人员打电话。莫雷尔可能是急疯了,我连忙制止了他——这一带的农场主一般只是在播种玉米和小麦的时候才会租用农用飞机,平时谁会舍得支付那么高昂的租赁费用呢?

我记得我们报社有一架供大型户外采访用的直升机,也许它能帮得上莫雷尔的忙。我连忙打电话向主编请示,我还没把话说完,主编就毫不客气地打断了我的话:"莫雷尔这个家伙,你不要理他啦!你不知道,前些年流行吃鸡腿的时候,这个家伙就曾经发明过一只四条腿的鸡!"

"四条腿的鸡?不可能吧?"我吃惊道,"那只四条腿的鸡后来怎么样了呢？有没有给莫雷尔带来可观的收入？"

"很遗憾，由于那只鸡长了四条腿，跑得飞快，他至今也没逮住它！"

八月的星期天

刚到深圳五个月，我就接到家里来的电话，说七爷过世了。

七爷是自杀的。

县里有规定，凡八月一日后死的人一律要实行火葬。七爷便赶在七月三十日的夜里用一根麻绳把自己吊死了。

睡不成他那口精致的精雕柏木寿枋，七爷是断然不肯的。七爷最喜欢的就是他那口寿枋。那寿枋是用上等黄檗做的，长六尺七寸，盖宽一尺八寸、厚四寸，帮厚三寸五、底三寸。左帮、右帮及上盖各雕飞龙一只，看起来气势非凡，七爷当然欢喜得不得了。

七爷把寿枋放在木楼板上，每天从地里干完活回来，七爷都要抬头看一眼，生怕丢了似的。

世事难料，想不到七爷还是没有睡成那口寿枋。一九九八年的夏天，七爷的大侄孙在河里溺水死了。大侄孙此时年方十六，大侄子也才四十出头，家里自然尚未准备任何一口寿枋。于是大侄子便跑来向七爷借那口寿枋。七爷心底自然是一百个不愿意，但苦于丧事在前、死者为大，虽万般不舍，终究还是借了。

大侄孙下葬仅月余，七爷就急不可耐地跑去向大侄子讨要寿枋。大侄子气不过，当天便请来神仙坳最好的木匠陈大手给他打寿枋。

这口寿枋木料选的是上等的金丝楠,漆的也是远近闻名的四方漆,长足七尺,盖宽二尺、厚五寸,帮厚四寸、底三寸五。左帮、右帮及上盖照例各雕飞龙一只,前面并雕一金黄"寿"字。明眼人一眼便能看出这口寿枋比七爷原来那口要好得多。

大侄子明显是气七爷的——老头子,你就赶紧睡你的棺材去吧!七爷却并不在意(不知是不是装的),心安理得地领受了这份"气",乐呵呵地把寿枋搬到木楼板上去了。七爷每天还是照例要欢喜地朝它瞅一眼,仿佛只有看到它稳稳当当放在那里心里才踏实。

一进入六十岁,七爷便有了另一件令他着迷的事,那就是叠金元宝。那个时候我还在上小学,每天放学回来,只要不是刮风下雨,我总能看见七爷坐在自家门口叠金元宝。一个接一个金灿灿的金元宝从七爷的手中叠出来,一摞又一摞的,被七爷码放得整整齐齐。不仅叠金元宝,七爷还糊纸人、纸马、纸房。纸糊的这些物件儿毕竟不牢靠,每隔一阵子七爷总要把它们拿出来缝缝补补,或是放在阳光底下晒晒。村里所有人都笑话他:"别人都盼升官发财,只有七爷盼着死呢。"七爷好似没听见般,照例叠他的金元宝。

七爷无儿无女,与人交际也是多有嫌隙龃龉,对我却是分外宠爱。小时候伙伴们都怕去七爷家,说七爷家堆满了纸人纸马,像丧葬用品铺子似的,阴森森的怪吓人。而我却不惧,常去七爷家玩耍,这大概便是七爷喜欢我的原因。逢年过节,只有我收到了七爷偷偷塞给的糖和压岁钱。所以七爷的葬礼我是无论如何要回来参加的。

等我从深圳赶回来时,七爷已经一劳永逸地躺进了那口他终日眷念的楠木寿枋。

七爷是这个月以来村里过世的第三个老人。三位老人都是怕火化自杀死的。三爷对我说，七爷死的时候已经预先穿好了寿衣。这个老头子，也不知道啥时候准备的。我的眼泪一下就流了出来。

我们为七爷守了七天灵。七爷出殡那天是个万里无云的星期天。睡在那口宽大舒适的楠木寿枋里，七爷走得很风光。

一件还不错的小事

在公司男卫生间的小便器旁，苏德捡到了十块钱。那十块钱折在一起，由于它太过于靠近小便器，苏德起初还担心它是否沾染了尿液，犹豫了一下要不要捡。

尽管犹豫了一下，苏德还是把它捡了起来，并把它凑到鼻子前闻了闻，发现并无腥臊味，于是把它团在手里，走出了卫生间。

苏德并没有打算把这十块钱私吞。在这个猪肉都已经20块钱一斤的年代，私吞十块钱实在有些让人瞧不起。

苏德打算把这十块钱交到公司行政部去。他没有走回自己的办公室，而是径直走到了电梯间，准备上6楼直接到行政部去。

两部电梯都被人叫住，停在了8楼。苏德想，大概是工人在搬东西吧。

电梯始终没有下来，苏德就站在那里等。他盯着电子屏上始终不变的数字"8"，突然想起了一件事情。

上周四,公司市场部的一名同事捡到了一位顾客的钱包,钱包里除了有 800 块现金之外,还有一张身份证和两张银行卡,通过身份证信息,同事联系上客户并把钱包还给了他。公司为了奖励同事这种拾金不昧的行为,奖励了他等额的 800 块奖金。苏德想,如果他把这十块钱交上去,难道公司也会给他奖励十块钱吗?

公司当然不会傻到这种地步。可是公司里的其他同事会怎么看呢?捡了十块钱还上交,是作秀吗?甚至会怀疑——那十块钱真是捡的吗?

苏德正想着,电梯“嘟”的一声在他面前打开了。苏德看了看敞开的电梯门,直到它重新关上也没有走进去。

苏德走回了自己的办公室。他如坐针毡地坐在座位上,手头的报表再也无心去做,满脑子想的都是那十块钱,该怎么处置它呢?

从来没有一个下午像今天这样漫长过。苏德想,要是刚才没有捡到这十块钱该多好啊!要是刚才捡的是一百块该多好啊,那样他就可以名正言顺、理直气壮地把它交上去了。

苏德甚至后悔自己刚才为什么把那十块钱捡起来。这么想着,苏德就冒出一个念头。他决定把那十块钱送回卫生间,让别人捡去吧!

苏德把钱重新团成一团放回了小便器旁。出来的时候苏德洗了洗手,看了一眼镜子里的自己,终于如释重负。

这下该安生了吧?事情却根本没有这么简单。钱虽然已经不在手里,可它依然盘桓在苏德的脑子里不肯散去。

苏德只好咬牙切齿地重新跑去厕所,把那十块钱又捡了回来。还好,钱还在,还安静地躺在角落里,像一个听话的婴儿一样等着他。

这十块钱就像是专门等着苏德来捡似的。

钱送回去怎么也有半个小时了吧？这么长时间就没人来上厕所？这么长时间就没有一个人发现它？苏德心想，肯定有人看见了它，但是没有人捡。活该自己手贱，摊上这么个闹心事儿。

恍恍惚惚地熬着，终于下班了。苏德还没等领导先走就迫不及待地出了门。回到出租屋的苏德根本没有心思吃东西。那十块钱还在他的脑海里纠缠、撕扯。苏德感觉头快要炸开了。

苏德想睡一会儿，可是根本睡不着。他把头枕在枕头上，又把枕头抽出来夹进裤裆里，又把它抽出来踩在脚下，最后把它一脚踢开。在他把枕头踢开的时候，他终于想出了一个主意：明天自己拿出一百块钱交到行政部，就说是在卫生间捡到的。

这个主意太好了！苏德兴奋地从床上蹦了起来。堵在心头的石头落了地，兴高采烈的苏德终于感觉到了饥饿。他抬手一看手表，已经十一点多了，才想起自己还没吃过晚饭。于是赶紧穿鞋下楼。

街上只有一家面馆还开着，苏德走进去要了一碗十块钱的牛肉面，狼吞虎咽地把它吃完。拿餐巾纸擦完嘴，苏德一摸兜，大叫一声："不好，忘带钱包了！"好在上衣兜里还有十块钱，那正是白天他在公司卫生间捡来的钱，苏德毫不犹豫地用它买了单。

吃饱了饭而且没有心事的苏德终于可以睡个安稳觉了。他安静地躺着，鼻息均匀而有力，一如什么都没发生过一样。

哑巴的诞生

"神侃大王"老贲打电话对我说,老何,我有个烦恼,我想和你说说。今天晚上六点半,全家乐火勺店,不见不散。没等我吱声,老贲就撂了电话。

六点半,我准时推开全家乐火勺店的门,老贲已经稳稳当当坐在那里。老贲看见我就像看见了大救星一样,握着我的手说,老何,你可来了,都快急死我了。

我挪开椅子坐在老贲对面,盯着老贲说,老贲有啥事啊?看把你急的。

老何,我算了算。现在要想结婚,买房买车,至少得这个数。老贲张开手指在空中比画了一番,我猜道,64万?

老贲点了点头。

我说,嗬,那可不是个小数目。

老贲拍了一下桌子,可不是吗?你想想,我现在工资才多少啊,一年也就两三万块钱,还得花吧。吃喝拉撒的,你说是不是?

我又点了点头,说,那,咋办?

我找你来不就是愁这个吗?你说咋办?

我拿起酒杯同老贲碰了碰,喝了一口,说,我看只能换个工作。要不,可真够呛!

你说的全是废话!你说的根本解决不了问题!老贲冲我喊道。

我问道,怎么解决不了问题?

老贲说,你完全没有看到问题的关键!问题的关键是——你看,我要想赚到这 64 万,先得赚到 64 万的一半,也就是 32 万吧?

我点了点头。

这就是问题的关键啊!你发现没,你要想完成一个任务,至少先得完成一半吧?如果一半都完不成,那不是扯淡吗?

我说对啊。

老贲来了兴致,说,那你接着往下听,我接着给你分析。要想赚到 32 万,得先赚 16 万吧?

我点头。

要想赚 16 万,得先赚 8 万吧?

……

老贲接着说,要想赚两万,得先赚一万吧?要想赚一万,先得赚 5000,要想赚 5000,先得赚 2500,要想赚 2500,得先赚 1250,你说是吧?

我丈二和尚摸不着头脑,不知道老贲这一番分析是什么意思,于是打断老贲说,你说的都对,但是,你究竟想说什么?

老贲一挥手,你听我说。

我只能接着听。

老贲端起杯自己喝了一口。接着说,要想赚 1250,得先赚至少一半,也就是 625,要想赚 625,得先赚 312.5 吧?

老贲掏出纸和笔,一边算一边说,要想赚 312.5,得先赚一半,也就是 156.25,要想赚 156.25,至少得先赚 78.125,要想赚 78.125,得先赚 39.0625 吧?你发现问题没?你发现问题的关键没?这个世界上根本没有 0.0625 这么小的钱!这个还不要紧,更要命的是,就是这个这么小的 0.0625 还要无限地除以二,还要无限地分下去！你说说，我上哪儿挣这个 0.0625 和无数个比这个钱还小的钱去啊？

我惊出一身冷汗，我说，这真是个大问题！

老贲得意地说，你看，这是个大问题吧？而且还是个根本没法解决的问题！你看看，要想完成一个任务，起码得完成一半，这个逻辑上没问题吧？傻子都明白！我们以前上学的时候数学老师都讲过的，这个叫二分法。可是二分法分析下来就是这个结果，你说咋办？

我说，那看来课本上的理论是错的？

老贲又自己喝了一口，说，那当然。这个问题谁也解释不了，爱因斯坦活着也解释不了！

我拿起杯和老贲碰了一下，小心翼翼地问道，那咋办？

只有死！老贲斩钉截铁地说，只有以死来抵抗这个错误的世界！

老贲的回答又让我惊出一身冷汗。

还没等我开口，老贲说，可是就是死，我发现也是不可能的。

怎么不可能？我追问。

你看，要想死，得买块墓地吧，丧葬费什么的，至少得四万。要想赚这四万，先得赚两万吧？要想赚两万，先得赚一万吧？

……

也就是说，死也死不成了？我问道。

死不成了！老贲摇头。

老贲还要说什么，我连忙打断他。我说，老贲，我有个建议，要不从现在开始，你不要说话了，行不行？

还没等老贲开口，我又接着说，老贲，我发现你根本回答不了这个问题。不管你说"行"，还是说"不行"。你看，你要是想说

"行"，得先说"行"字的一半，半个"行"字怎么说？这还没完，你要想说半个"行"字，先得说半个"行"字的一半吧？……你要说"不行"，先得说"不"字吧？要想说"不"字，先得说"不"字的一半吧？……所以说，你根本没有可能回答我的问题。

老贲双眼圆睁，目瞪口呆。

我说，老贲你别瞪眼，现在你连眼都瞪不了。我给你分析一下，你要想完成瞪眼动作，先至少得完成瞪一半的任务吧？要想瞪一半，先得瞪一半的一半吧？要想瞪一半的一半，先得……你看你怎么瞪眼？你根本没法瞪眼！

老贲大吃一惊，瘫坐在椅子上一动不动。

老贲从此闷头干活，啥话也不说，彻底变成了一个哑巴。我也从此失去了一位口若悬河、人称"神侃大王"的老朋友。每次和朋友们在酒桌上聊起老贲时，还时不时想起他当年的神采。这哥们突然退隐"侃"湖，想想还是挺遗憾的。

茅台漂流记

老张一咬牙，去红星商场对面的专卖店买了一瓶茅台。老张进门说："要一瓶不太贵也不太便宜的。"售货小姐瞅了一眼老张，然后指着货架上的一瓶酒报出价格："1680 元。"老张知道茅台贵，一听这个价还是不禁颤了一下，好家伙，果然不便宜！老张说："能便宜点吗？"售货小姐微笑着说："我们这里不还价。"

老张从兜里掏出钱，说："给我装上。"

老张下岗好几年了，这几年一直在市北区华庭小区当保安。从国企员工一夜变成了打工仔，老张当然舍不得给自己买这么贵的酒喝。再说，平时老张也不爱喝酒。倒不是不喝，有朋友张罗，也可以喝上一两杯，没有酒局的时候也不馋。今天老张突然买酒，而且是买茅台，为的是儿子的事。

儿子报考城大艺术学院了，现在正在等成绩。按照儿子自己估的分，录取应该不成问题。但是老张不放心，成绩出来还有十来天，老张一天也坐不住。老张和老伴只有这么一个独子，老伴前些年得肺癌走了，现在他唯一的盼头就是儿子。考大学是儿子也是整个家庭的大事。儿子喜欢美术，坚持要考本省最好的艺术学院。儿子从三岁开始就喜欢抓着笔在纸上胡乱涂画，这么多年了，愿望要是落空，儿子怎么承受得住？

晚上躺在床上翻来覆去的老张想到了他的初中同学老陈。有一次他们一起喝酒的时候，老陈说他认识城大艺术学院一个教美术史的老教授田文炳。老张从床上坐起来，再也睡不着了。第二天，老张就买了这瓶茅台酒，把它拎去了老陈家。老张算过了，凭自己与老陈这么多年的交情，老陈估计也舍不得喝这瓶茅台。为了他托付的事，老陈肯定会把这瓶酒转送给田教授。所以老张只买了一瓶茅台。这瓶茅台说是拎到老陈家的，但实际上是送给田教授的。但是话不能明说，老张只把酒拎到了老陈家，并说了几句儿子的事，接下来的事，老陈自然知道是什么意思。

老陈果然没舍得自己把酒喝了。老陈可是一天三喝一日三醉的大酒鬼啊。可是老陈面对这瓶茅台还是硬咬着牙吞了几口口水，然后拎着它上了田教授家。老陈心里明白那不是自己能喝得了的酒，这瓶酒是用来办事的酒。

田教授又把这瓶茅台拎到了王副校长家里。第二天上午王副校长的夫人就托人把这瓶酒送到了礼品回收店。

三天过去,老张没得到什么回音,心里又开始着急起来。是不是田教授嫌礼薄?还是出了别的什么问题?还是因为田教授在学校没担任什么行政职务说不上话?老张如坐针毡,整个上午都在心里瞎猜乱摸,烟头扔了一地。老张心一横,还得去买一瓶茅台!

老张就去了那家烟酒礼品回收店。老张听人说礼品回收店都是替人代销,一般代销人都急于出手,价格要比专卖店的便宜一些,因为都是别人用来送礼的,也没什么假货。你想想,谁敢送礼送假货?老张想了想,觉得有道理,就钻进了礼品回收店。

老张买这瓶茅台花了一千二,还是跟上次一样的包装。老张心里咯噔一下,要是上次就上这儿来买,要省480块哩。老张肠子都悔青了,老张心疼那钱。

老张当然不知道,他手上拿的这瓶茅台就是他上次买的那瓶。现在,他第二次把这瓶茅台买回了家。可是这酒依然不是买给自己喝的,他哪有这口福啊!

老张刚回到家,屁股还没坐热,儿子就兴冲冲地回来了。儿子进门就喊道:"爸,我考上啦!"

老张疑惑地问:"成绩不是还有几天才出来吗?"

儿子说:"那是分数线。分数今天就出来了,我刚在网上查的。何老师说了,按照目前的一分一段表分析,我的成绩是前十名,肯定被录取了!"

老张高兴得差点落泪。老张脸部的肌肉抽搐了几下,拍了拍儿子的肩膀说道:"儿子,来,陪你爸喝几盅!"

儿子说:"爸,你不是不让我喝酒吗?"

"今天破例!再说啊,上个月你已经满十八了,今晚特批你喝!"

于是,老张拆开了那瓶茅台。这瓶酒在几个人手里晃荡了一圈,最终还是进了老张嘴里。

老张咂了一口:"啧,茅台就是茅台,真香!"

干净明亮的地方

天宝十二年,公元753年8月,大唐诗人协会在其官方网站大唐诗歌网宣布第一届大唐诗歌奖得主,著名诗人李白凭借其新近出版的诗集《李白的诗》获得该奖,将获得奖金10万元,颁奖典礼一周后在京都长安隆重举行,届时文化界众多著名人士将应邀出席,共襄盛举。

获奖消息一经公布,立即在网上炸开了锅。这个李白写的什么诗?竟然打字多按几下回车键写几首所谓的"诗"就能获得10万元巨奖,果然比中彩票来得容易!

网民们于是纷纷大张旗鼓,到处搜索这个"著名诗人"李白的诗来读,想看看此人到底是何方神圣。不搜不知道,一搜吓一跳。"大诗人"李白的一首题为《静夜思》的诗迅速在网上像病毒一样流传开来。短时间内点击率竟然达到一千多万,跟帖回复的也有数十万之众。《静夜思》全诗共20字,全文如下:

床前明月光,疑是地上霜。

举头望明月,低头思故乡。

有网友直接把该诗译成了白话文:床前一团白月光,多像地上结了霜。抬头看一眼月亮，低头想起我家乡。

这样一首口水之作竟然获得大唐诗歌奖，网友纷纷将其讥为笑柄。有网友笑道："李白李白，这个名字真没起错，整个全是大白话！"于是给"大诗人"李白赠了一个雅号——"李白话"。网友们不甘寂寞，纷纷模仿"李白话"写起"白话体"诗歌来，并迫不及待地在跟帖中亮出了自己的得意之作：

床前明月光，疑是地上霜。

前夜打反恐，后夜踢实况。

网友们模仿李白的"白话体"诗歌一首接一首，简直是百花齐放、精彩纷呈。实在不会写诗的网友也会即兴赋诗一首，哪怕三五行，跟帖中也是叫好一片。

李白得知获奖消息还没高兴几个小时，万万没想到在网上引起了如此轩然大波，心中极为不快，只得在网上发布公告称，《静夜思》乃是我的游戏之作，我自己也不满意，我也没有将其收入我的诗集《李白的诗》。如网友想看获奖诗集中的作品，请搜索《将进酒》《蜀道难》《望庐山瀑布》等，这些诗歌才是我的得意之作。

然而网友们并不买账，继续穷追猛打，揪出了"大诗人"其他几首"著名"的作品，其中有一首《清平调》香艳浓烈，一下子点燃了网络大众们的兴奋神经，其点击率丝毫不亚于《静夜思》，全诗如下：

云想衣裳花想容，春风拂槛露华浓。

若非群玉山头见，会向瑶台月下逢。

该诗是所谓的著名诗人李白先生一边对着诗中的女人流哈喇子一边蘸着口水写下的。全诗极尽阿谀献媚之能事，通篇都在夸奖一位女明星"堪比天仙"的美貌——要不是在这里见到你，恐怕只能到西王母的群玉山、瑶台去见仙女呢。而这位女明星，正是大唐第一美女、能歌善舞、倾国倾城的杨玉环！

"无耻！""下流！""这也叫诗！""对着明星流哈喇子，还写诗，诗人啊，我都嫌丢人！"，挞伐之声，纷至沓来。

根据这首诗，有网友又提出了一个疑问：这位能歌善舞的女明星可不是一般人啊，她可是"大唐总统"唐玄宗的贵妃杨玉环啊！李白在哪里才能见到她？

这首诗肯定是在皇宫里写的！

那这位李白究竟是何许人也？

有看热闹不嫌事大的网友继续人肉搜索这个"李白话"，果然有更为惊天的大发现！这个李白竟然是官居翰林待诏的国家级六品公务员！

请听清风倾诉

"这个奖是买来的！"

"背后肯定有权钱交易！"

"官员嘛，得奖真是名至实归，不足为奇！"

"恭喜李大人贺喜李大人！李大人的诗写得真是好啊真是好，真是好！"

新一轮的冷嘲热讽迅速升级。

李白连忙在博客上解释自己根本不是什么大官，多年前当过的芝麻小官翰林待诏只不过是一个六品的虚职而已，况且已经去职多年，自己早已是一介布衣……

解释永远都是多余的。解释就是掩饰，掩饰就是事实。网民们完全不管李白这一套，继续刨根问底，不久就有了新的收获。网友们经过多方论证，发现李白的学历有问题——李白没有通过大唐国家统一考试，没有获得相关高校的毕业文凭。那他是怎么官至翰林待诏的呢？这里面肯定有问题！

显然，这是个巨大的疑点。网友们继续追查，到处寻找不为人知的幕后隐秘，果然不负众望。大家发现李白之所以平步青云，原来是因为一个女人在"总统"唐玄宗先生面前替他说过几句好话，而这个女人竟是——玉真公主！

　　"哈哈！靠女人吃饭！"

　　"李大人果然神力通天！"

　　"看来我们真是很傻很天真哪！"

　　闻听网上展开了新一轮骂战，李白心力交瘁，再也无心做过多解释，只在其博客上发布声明，称本人无德无能，蒙诸位诗友错爱，实在惭愧。本人深知肚子里的墨水几斤几两，实在写不出什么好诗，只能退出大唐诗歌奖的评选，向各位谢罪。同时，退出大唐诗歌圈，永不写诗。

　　面对网上一浪高过一浪的质疑叫骂之声，致使评委会承受了极大的舆论压力，评委们急得就像热锅上的蚂蚁。听说李白主动弃奖，评委们大喜过望，立即召开新闻发布会，宣布因李白主动弃奖，大唐诗歌奖将重新进入评选程序，期盼广大诗友不吝赐诗，踊跃投稿，大奖十万现金将择日颁发。

　　消息传出，网友们纷纷亮出自己的"精品力作"，五花八门的诗稿挤爆了评选委员会设立的电子邮箱。怎奈诗稿实在太多，评选委员会只得另设了一个电子邮箱，增加人手，连夜看稿。然而，两个邮箱内还是每天涌进数万首诗稿，评委们简直应接不暇。

　　网友们摩拳擦掌，个个在人前拍着胸脯大发豪言："此次大奖非我莫属！"而面对其他的参评网友却大肆谩骂。一时之间网上硝烟四起，一场激烈的口水战不断升级……

　　李白兀自朝长安嗟叹一声，拍马南下，向敬亭山去了。

送你一匹马

"下午两点之前到这里等,我两点钟肯定到。"从希仁花旗到阿尔乡的长途班车司机信誓旦旦地跟我说。

这位班车师傅长着一双结实有力的臂膀,还有一副看上去足可信赖的面孔。这让我放心地从白音胡硕下了车,我的第一次校外写生就这样开始了。

白音胡硕草原是我一位名叫那日苏的老师的故乡。那日苏老师给我们讲课时每次都毫无意外地要提到它,提到它惊心动魄的美,根本无法用语言描述的美。他只能用他手中的画笔尽可能地去描摹它。即使是这样,他认为他也根本无法将白音胡硕草原的美展现出万分之一来。相比于白音胡硕草原真实的美而言,他手中虚妄的画笔是拙劣的。

我不止一次见过那日苏老师的画,一幅幅整齐地摆放在教学楼三楼的画室里。那是一整片几乎要从画布上流淌出来的苍翠欲滴的绿色,像海洋一样一望无际的绿色。那惊心动魄的绿色就像振翅飞来的苍鹰一样逼近你,击中你,俘获你。我从未见过这样的色彩,也从未感受过这样令人震撼的力量。而这样波澜壮阔的色彩,还仅仅是白音胡硕草原的万分之一,你让我如何不对白音胡硕草原心生向往?于是就在这个周末,我背上我的画具兴冲冲地出发了。

白音胡硕草原离希仁花旗有九十多公里,像一颗绿翡翠一样镶嵌在希仁花旗到阿尔乡的公路旁。刚刚踏足这里，我就想起了那日苏老师那一遍遍不厌其烦的赞美。这里果然是人间天堂，我相信即使是人世间最残酷的心灵也会被它的美丽俘获。

我打开画板，无数激动人心的线条从我的笔下流淌出来。它们起伏不平地出现在我的画纸上，好似不受我的控制一般，像一场大雨后探头探脑的蘑菇一样从草丛里钻出来，从花丛里冒出来。

在这样的状态里，我很快就忘记了时间。在这样的状态里，我无法不忘记时间。等我想起下午两点必须赶上班车回希仁花旗这件事时，时间已经是下午三点多了。我沮丧地在公路旁站了许久，像每一个初次出远门的人一样手足无措。长生天之下，长生地之上，只有我孤零零的一个人。

在这四野无人的茫茫草原，在这人生地不熟的荒郊野外，我感觉自己成了世间最孤独的人。终于，在我几近绝望的热盼中，远方出现了人影。一个上了岁数的牧羊人赶着他的羊群从远处走了过来。

"找一匹马，骑着它去希仁花旗。"当我试图向牧羊人打探如何尽快去旗里时，这位蒙古族老叔给了我这个荒唐的建议。

看着蒙古族老叔严肃认真的表情并不像是在开玩笑，我只好问道："这荒郊野岭的，我上哪里找马去呢？"

"哪里都有，哪家哪户都有。"蒙古族老叔说。

说得轻巧，谁愿意借一匹马给我这样一个陌生人呢？蒙古族老叔见我愁眉苦脸，看出了我的心思，于是继续说道："小伙子，上我家吧，骑我的马。"

蒙古族老叔的话使我大吃一惊。我自忖该是交上了多好的运气，才会遇上这么好心肠的人呢？同时，一连串的疑问也在我心底不断地泛起。蒙古族老叔怎么会这么爽快地把马借给我？我骑走了马之后，该如何把马还给他？他就不怕我骑走不还吗？

我说出了我的疑虑。

蒙古族老叔哈哈大笑，说道："你到了县城，拍拍马背，马就知道回家了，它认得回家的路。"

我还是充满疑惑："你就不怕我偷走你的马吗？"

蒙古族老叔不解地反问："为什么要偷呢？家家户户都有马啊。你看我的邻居，老毕力格，他去巴音旗走亲戚已经十天了，他家的马还拴在门口呢。这几天都是我替他喂草饮水，不就是为了方便来往的人骑马赶路吗？骑上马就走，到了地方一拍马背，马就自己走回来。"

"可是，你真的不担心马被偷吗？"我惊讶道。

"哈哈哈！"蒙古族老叔又发出一阵爽朗的笑声，接着说道，"马都认得路，老马识途，你偷不走的。你偷走了它终究也能自己找回家来。"

我简直无法相信自己的耳朵，白音胡硕草原上竟还保留着如此不可思议的风俗。很多年后，我所在的城市终于要开始规划免费的公共自行车出行系统。我想，这不就是最早的"公共出行系统"吗？蒙古人早就有了这样的传统！

白音胡硕草原的那次借马之旅是很久之前的事了，我至今依然记忆如昨。自那之后，我再也没见过那位蒙古族老叔，也无法确知送我的那匹马是不是走回了家，但我在心底相信它必定回到了家中，因为它的脊背是如此坚定有力，还有许许多多像我这样落难的路人等着它送一程。

与大师约会

名都市宜万煤窑的老板张万能虽然大字识不了一箩筐，却颇爱附庸风雅。这日，张万能带三万元重金亲自前往名都市书法大师哑墨先生家中求字。

哑墨先生虽然刚过五十，须发却已花白，银丝如雪，神采奕奕，果然气宇不凡。但见哑墨先生坐在堂中微微捻须道："张总欲求何字？"

张万能哈哈一笑："既然专程来求先生墨宝，那就有劳先生惠赐一个'墨'字，我又正好是做煤炭生意的，煤色如墨，大吉大利。先生以为如何？"

"好，那就写一个'墨'字！"哑墨先生睃了一眼张万能的提包，满口答应。

"只是我写字时有一怪癖，不习惯他人在场，心不静则字不正。今晚月明时分方是写字之佳时。有劳张总暂且回去，待我今晚把字写好之后，明日早晨再来取，如何？实在抱歉，还请张总海涵。"哑墨先生一拱手。

"不碍不碍。那我就先回去，不打扰先生安心写字了。这点小意思，不成敬意，请先生赏脸收下。"

说罢，张万能吩咐随从递上提包。哑墨先生示意夫人收下，嘴里低声道："张总客气了。"

"先生辛苦了！明日八点，我来取字，告辞。"张万能一拱手，下楼而去。

次日早上八点，张万能便带了两位朋友前往哑墨先生家中取字。

叩开哑墨先生家门，只有哑墨先生的夫人和保姆在家，哑墨先生却不见了踪影。原来，在三位来客到家之前一刻钟，哑墨先生匆匆出门去了，临走前交代若张总来了一定好生招待，他片刻即会回来。

看来，哑墨先生并没有忘记张总要来取字这回事。

夫人便将三位来客引至书房小坐，各沏上一盏上好龙井，请他们随意欣赏字画。张万能端着茶杯就到了哑墨先生书桌前，但见书桌上铺开一张宣纸，整张纸一片漆黑，除开边角几无空白之处，好似墨水弄泼了一般！另两位来客也骤然一惊，倒吸了一口凉气："这不会就是哑墨先生昨晚写的题字吧？"

两位来客面面相觑，不可思议地瞪大了眼睛。

片刻之后，那位皮肤稍黑的随从突然大喝一声："高！实在是高！"

他转身对张万能说："当年作家老舍请齐白石作画，出题'蛙声十里出山泉'。齐白石却没有画一只青蛙，只在画中画了一股清泉从溪涧直泻而出，几只活泼可爱的蝌蚪在水中悠然嬉戏，当真一个'蛙声十里出山泉'！你看，你要求写的是'墨'字，哑墨先生却不直接写'墨'字，只在纸上涂满了墨色，好似煤块一般，一团漆黑，这不正是你想要的满纸皆'墨'吗？同时又暗合煤的形色，不正好象征生意兴隆吗？高！哑墨先生果真是高人！"

张万能听他这么一说，喜出望外。

书法果然是玄妙啊！哑墨先生真乃奇人！

张万能吩咐随来者将墨宝好生收起，转身对着哑墨先生的夫人称赞不已："哑墨先生出手不凡，能得如此宝物，实在三生有幸！哑墨先生事务繁忙，我们不便过多打扰，告辞。"言罢，揣着宝贝喜气洋洋地走了。

张万能走后片刻，哑墨先生回来了。原来，家里宣纸用完了，哑墨先生急忙出门去买呢。哑墨先生进门就赶忙问夫人张万能可曾来访，答刚刚来过，已经取完字走了，还称谢不已呢。

哑墨先生一惊："我还没写呢，他取了什么字？"急忙进得书房来看，但见桌上那张宣纸不见了。哑墨先生哭笑不得，心里骂道："这个张万能，昨晚我一不留神把半砚墨汁泼在了纸上，今早特意去买宣纸准备重写，他竟将一张废纸取了去！"

艾神何首乌

我们正在大同水库左岸的旱地里锄地。突然，父亲一下甩掉锄头，飞也似的朝水库的河道里飞奔而去。

就在我们还不知道发生了什么的时候，父亲已经跳进湍急的河水中。我和母亲吓了一跳，赶紧也扔了锄头向河道跑去。刚等我们跑到河边，父亲竟从水里扛出一个人来。

原来，就在刚才我们锄地时，父亲用余光瞥见一个人从水库右岸的断崖上跌下了河，于是飞奔过去救他。

我们连忙帮父亲将落水者拉上岸。顾不得休息片刻，父亲立即帮落水者按压胸腔排水。良久，落水者终于苏醒过来。

我父亲是大同水库一带有名的游泳好手，在这里几乎没有人不知道他的名字。他之所以闻名乡里，倒不是因为他水性好，乃是因为他心地善良、乐善好施。被他从水库里救起的落水者不知有多少，尤其是贪玩戏水的小孩，没少让他拎上岸。

父亲虽然心地善良，但脾气却不怎么好。"这么大个人，也不是赖皮孩子，还这样鲁莽冒失！"见落水者苏醒过来，父亲没好气地训斥道。

落水者见是父亲救了他，连连道谢之外，也慢慢说起了事情的原委。

原来，落水者家中小孩患了湿疹，久不见好，问了村头郎中，交代用薪艾熬水清洗可治，于是他便出门采集薪艾。方才看见断崖上有连片薪艾，便急忙伸手去够，一不小心跌落河中。亏得父亲及时出手相救，否则后果不堪设想。

父亲听罢落水者的叙述，便不再责怪落水者行事鲁莽，转而翻身入水，用锄头够到那一片薪艾，一一铲下交给落水者，并交代落水者立即带回家给孩子医病。

父亲的态度突然如此转变，是因为他已经知道方才落水者口中所言的郎中，不是别人，正是我的祖父、人称"艾神何首乌"的何陈之。

祖父何陈之秉承曾祖遗志，一生行医，救治远近患者无数。天长日久，众病患便以一味中药"何首乌"的名称赠他，所谓"得遇何首乌，绝症亦可除"是也。

祖父行医好用薪春四宝，尤其是薪艾，因此又有人赠他"艾神"的雅号。薪艾药用价值之大之广，《本草纲目》里早有记载。话说这鄂东小县薪春乃是大明医圣李时珍的故乡，李时珍在此行医数十载，著成一本《本草纲目》名扬四海，薪春由此医风盛行，至近代几乎到了指草为药、路遇皆医的地步。这薪艾正是薪春人日常生活中不可或缺的一味中草药。

祖父便是用艾的高手。蕲艾用法奇多，有熏蒸、艾灸等多种，具回阳、理气血、逐湿寒、止血安胎等功效。祖父尤擅艾灸，每到夏季乡人气短乏力、精神不振之际，登门求他用艾灸温通经络的便络绎不绝。

有一回，一位外省患者找上门来求医。该患者久患一种罕见的皮肤病，周身红肿瘙痒，经年不好，四处求医也是枉然。偶然探得祖父姓名，于是撞上门来碰碰运气。祖父听患者讲完病情，仔细查体过后，施以艾灸，又配以其他几味中药，不出几日病情竟然大有好转。又几日，竟然痊愈。众人啧啧称奇，赞不绝口，这"艾神何首乌"的名号从此就传得更响了。

祖父医术好，乡里无不称道。然而，乡里人真正敬佩祖父的，是他的宅心仁厚。

一次，有位外地患者来向祖父求医，祖父告知以蕲艾煎煮清洗患处可解。外地患者竟不知蕲艾为何物，忙问何处可买。祖父告之自家山地便种有几亩。患者欲重金相求，祖父却说："可以买，但是现在不能去采。"患者惊问何故。祖父说："刚才看到群雀从山头惊起，必是有人盗采艾草，我们现在若贸然闯入，盗采者一旦受惊失足，跌落山崖、伤筋动骨就不好了。"

祖父的一番话令在场者无不惊异。大家都想不到区区山野乡医竟有如此仙风道骨，纷纷拜服不已，从此上门求医者更是踏破门槛。

祖父何陈之卒于公元 1995 年，享年 88 岁。碑上不刻姓名，但刻"艾神何首乌"五字，立碑者为蕲乡 385 名病患连署。出殡那天，众乡里哭声震天。时至今日，乡里每传颂其生前厚德大义，不胜枚举，并交口称誉。

孤独者

我们那儿的人管兄长的媳妇儿不叫嫂子，叫姐姐。所以我管安琦尔叫姐姐。

安琦尔姐姐是哥哥失踪整整三年后突然同哥哥一起出现在我们家的。

三年前，在省城大学读土木工程系的哥哥突然决定放弃学业。他的理由是他无法将一生消耗在建筑工地上，他要当一名诗人。我们家人当然无法接受哥哥这个荒唐的决定。父亲当即勒令哥哥立即终止这个谵妄的想法，否则就将他扫地出门。哥哥则以一种极端的方式回应了父亲的命令，那就是选择自我消失。直到三年后突然回家，哥哥在此期间从未以任何形式出现在我们面前，甚至连一封信也没有。父亲愤怒地说："浑蛋！就当他死了。"

现在，哥哥回来了，而且不是一个人回来的。他声称安琦尔姐姐是他的媳妇儿。他十分严肃地把安琦尔姐姐领到我跟前说："以后你就叫她姐姐。"我郑重地点头表示知道了。

哥哥是诗人，安琦尔姐姐也是诗人，但哥哥说安琦尔姐姐的诗写得不好，至少写得没有他好。

我看过安琦尔姐姐的诗。那是一次放学后，我刚回到家里，安琦尔姐姐拿来给我读的。她拿出一个厚厚的笔记本，里面每一页都写满了诗。她翻开其中一页给我看，问我写得怎么样。

我记得那首诗的标题是《像一场雪一样孤独》,诗是这样写的:

日子重复,像流水一样简洁

不再议论,也不再抒情

一个人出门远行,偶尔忏悔

面对偌大的世界

习惯等待和绝望

习惯独处,却始终

坐立难安

像一个等待下雪的人

独自望着窗外,一言不发

我没有读懂,但我觉得安琦尔姐姐这首诗写得很好。我就说:"写得特别好。"安琦尔姐姐摸摸我的头,开心地说:"你也是个诗人。"我吓了一跳,没想到我竟然也是一个诗人。一家出了两个诗人,我的父亲要是知道了肯定要气疯。

那个时候我还不知道安琦尔姐姐已经怀孕了。一个月以后我们才发现,安琦尔姐姐的肚子像镇长的肚子一样鼓了起来。我们都很害怕,但是哥哥很冷静,他很快便和安琦尔姐姐去镇上登了记。父亲的脸都气歪了。

结婚后哥哥每天都不出门,他所做的唯一的事情就是一动不动地坐在房间里写诗。他说他在写一组惊世骇俗的组诗。我问他什么是组诗,他说组诗就是很多诗,而且是很长的诗。

尽管哥哥声称一直在写那些惊世骇俗的组诗,但他从来不肯把那些诗拿出来给我们看。有时我会问他写得怎么样了,他的回答从来都是同一句简洁有力的话:"还在写。"后来我便不再问了。

几个月后，安琦尔姐姐生了一个男孩。就在男孩降生的那天傍晚，哥哥又一次毫无预兆地消失了。父亲气得直跺脚，扬言一定要宰了他。安琦尔姐姐显然要冷静得多，她把刚刚出生的婴儿交给我的母亲料理，独自一人踏上了寻找我哥哥的无尽旅途。

我记得那一阵子安琦尔姐姐总是急匆匆地出门，又总是垂头丧气地回来。直到一年后，她再也不出门，也不再写诗。

安琦尔姐姐一把火烧掉了那个每一页都写满了诗的笔记本。我觉得怪可惜。

不出门的安琦尔姐姐每天都坐在院子里，手里抱着那个一年前出生的男孩，一动不动地晒太阳。有时我会走过去安慰她，告诉她我哥哥只是躲起来写惊世骇俗的组诗，等他的诗写完了就会回来。安琦尔姐姐仍旧一动不动，就像没听见我在说什么一样。她的眼神空洞地望着远方，好像一首遥远的诗。

惘然记

一旦进入冬天，员工不能按时上班的问题便让韦斯顿克公司的老板默多斯头疼不已。尽管员工们会找出各种各样的理由来搪塞，比如雾霾天导致交通瘫痪、闹钟坏了，等等，但默多斯相信所有的借口都不足以成为理由，他们不过是想在温暖的被窝里多赖几分钟罢了。

默多斯决定把这个难题交给菲尔马克社会大学的两位管理学教授——韦恩教授和伯克教授，请他们设计出一套方案来解决这个问题。

韦恩教授和伯克教授接受了这个课题,并立即着手开始研究。很快,韦恩教授便提交了他的第一套方案。

韦恩教授设计了一个碎纸机型闹钟。办法是将该员工的周薪,例如500美元,放在碎纸机的入纸口,然后预设碎纸时间,例如早晨六点,开关就是闹钟的按钮。一旦闹钟响起,碎纸机将不可挽回地开始工作。因此当闹钟响起时,你不得不第一时间起床按下碎纸机开关,否则,你一周的薪水将付之东流。

尽管这个方案看起来新颖别致,但一旦投入使用很快便宣告了失败。因为这款闹钟虽然采取了加密设计(也就是说,你无法将钞票取出,除非输入密码,而密码是由财务部统一掌握的),但是你无法阻止员工将闹钟按钮按下去之后重新躺回床上呼呼大睡。

伯克教授于是提交了第二套方案。他的方法更加简单——只需在晚间给员工打一个电话即可。

这天晚上,市场部的"迟到大王"查尔斯便在午夜十一点接到了行政部打来的电话。行政部的工作人员只在电话里说了一句话:"明天公司将有重要决定对你宣布。"至于具体是什么决定则闭口不谈。就在查尔斯丈二和尚摸不着头脑之际,行政部立即挂断了电话。

次日上午,查尔斯果然按时到达了公司。默多斯对这个结果大为惊讶,不知道伯克教授到底对查尔斯施了什么魔法。

伯克教授道出了原委:"心理学有一个著名的典故,曾经有一位年轻人租房,租到一位心脏不好的老年房东二楼上的房间。年轻人每晚夜归,都是直接把两只靴子蹾在地上,'咣当、咣当'两声把楼下的老人从梦中惊醒。老房东忍无可忍,上楼抱怨,年轻人羞惭不已，向老人保证以后再也不闹出这么大动静。这天晚上年轻人回家，还是一如从前蹬下了一只靴子。当他准备蹬第二只靴子的时候，他想起了老房东白天的抗议，于是将第二只靴子轻轻放下。第二天一大早老房东便来敲年轻人的门：'为了等你第二只靴子落地，我昨晚一夜没睡。'这个典故我们不妨称之为'靴子效应'。我们正是利用这一效应解决了难题。"

事实的确如此。查尔斯接到行政部的电话之后便陷入了痛苦的思考："公司到底要对我宣布什么决定呢？"结果查尔斯一宿未眠。一个失眠的人当然不会赖床，因此次日他便迫不及待地到达了办公室。

默多斯对伯克教授的这个方案赞叹不已，很快便在全公司进行推广。

于是，这天晚上查尔斯再次接到了行政部打来的电话，不过这一次内容变成了："公司已经了解你上一个季度做了什么，明天到行政部面谈。"当然，更多的韦斯顿克雇员也同样接到了行政部的电话。他们所有人都在电话里听到了类似的语焉不详的内容，无一例外地，他们在等待"另一只靴子掉地"的巨大折磨中度过了一个难熬的失眠之夜。他们迫切地盼望着黎明的到来，然后纷纷以最快的速度赶往公司。

韦斯顿克公司果然再也没有一个员工迟到了。不过令人遗憾的是，由于韦斯顿克的雇员们多数要在晚上遭受令人绝望的失眠，他们在白天工作时难免萎靡不振，频频出错。很快，在这个冬天最后一次寒潮尚未完全退去之前，韦斯顿克公司便匆匆地关门大吉。

群山之巅

　　乌热松接到父亲阿什库来信,让他请假回去同他上山学习打猎。

　　这简直是一个荒唐的要求! 乌热松虽是鄂伦春人,但他从小到大从未上过山打过猎,更何况他现在公职在身,父亲怎会突发奇想要他回去学打猎呢? 这简直不可思议。但父亲素来是个稳妥的人,一生从未做过出格的事。他既然如此决定应该有他的理由,因此,尽管不情愿,乌热松还是决定回去一趟。

　　乌热松是冬月里回到乌鲁布铁的。他从小与在阿里河当教师的姑姑一起生活上学,在乌鲁布铁生活的时间并不多,因此,这次回家乌热松反倒有一种说不清的新鲜感。

　　回家第二天的清晨,乌热松就被父亲拽上了山。他们上山的第一件事就是去祭拜山神白那恰。

　　"我们的一切都是山神白那恰赐予的。来,磕头。"阿什库将儿子的头按了下去,"请山神赐予我们猎物。"阿什库嘴里念念有词。

　　"今晚我们住在山里。"阿什库说。

　　按说,一直生活在城里的乌热松突然要在这大雪茫茫的荒郊野岭过夜,心里肯定是不满的。但不知什么原因,乌热松却并不反感。兴许是父亲充满仪式感地祭拜山神的举动感染了他吧,乌热松竟主动地帮父亲砍白桦树搭起撮罗子来。

虽然这是乌热松平生第一次搭撮罗子,他却搭得有模有样。父亲看乌热松一丝不苟的样子甚是欣慰。这一刻,他在心里感觉并没有白养这个儿子,他终究是鄂伦春之子啊。

"高高的兴安岭,一片大森林,森林里住着勇敢的鄂伦春,一匹猎马一杆枪,獐狍野鹿满山岭,打也打不尽……"阿什库不由自主地哼起了鄂伦春小曲。

撮罗子很快搭好了。

"乌热松,上马。我们出发!"阿什库别起那支跟随了他一辈子的俄式"别勒弹克"猎枪,便朝兴安岭的深处走去。

这是一支旧得不能再旧的老式猎枪,可阿什库从来没有动过换掉它的念头。用阿什库自己的话说就是:"鄂伦春猎人一辈子有两样不能换,一个是老婆,另一个就是猎枪。"

乌热松不知道的是,他的父亲阿什库是乌鲁布铁最好的猎手。阿什库这个名字在鄂伦春语里本就是"狩猎技术高超"的意思,而阿什库也从来没有辜负过这个名字。一直以来,他都是乌鲁布铁最令人尊敬的莫日根。

"一个出色的猎手要会看山形、辨风向,掌握各种动物的气味,通过观察雪地上动物的足迹进行跟踪、围猎。更重要的是,你必须有足够的耐心,能够忍受零下三十度的低温,还要忍受一连数天找不到猎物的失落和烦闷。"

"我们鄂伦春人以狩猎为生。老弱病残者无力获取猎物,只能靠年轻猎人供养,而年轻猎人也有需要靠别人供养的一天。一代传一代,鄂伦春人就这样走到今天。"阿什库边走边说。

"雪地上有狍子的足迹!"阿什库突然大喊一声翻身下马,查看起雪地上的足印来。"没错,是狍子。乌热松,快下马,我们得步行了,从下风口追过去!"阿什库在寒风中大声吆喝道。

两个小时后,他们终于发现了那只足有三十多公斤重的大狍子。乌热松对打猎原本兴致不高,可当活生生的猎物就在眼前时,他还是忍不住喊出了声:"爸,快打!"

狍子是兴安岭森林里反应最不灵敏的动物,所以大家都叫它们"傻狍子"。尽管乌热松大喊了一声,那只傻狍子却好似没听见一般,仍然呆立原地一动不动。

这时阿什库方才缓缓举起猎枪。然而他仅仅是瞄准,并没有开枪。

"爸,你咋不打呀?"乌热松急不可耐地小声问道。

阿什库不但没有开枪,反而把枪扔到了地上。那只傻狍子终于发觉了他们,撒腿跑了。

阿什库一屁股坐在雪地里,慢悠悠地燃起一锅旱烟,长叹一口气,用一种乌热松从未听过的语气说道:"我们鄂伦春人从不射杀怀孕和哺乳期的动物,下河捕鱼总是将网眼扩大一指,以此放过那些小鱼。每次出猎我们都祭拜山神白那恰,从不胡乱砍伐森林。千百年来,兴安岭森林里人和动物共存共荣,我们遵守自然的法则,可是我们的法则不合适了。孩子,国家颁布了野生动物保护法和森林法。从今天起,我们不能打猎了。孩子,鄂伦春人下山了。"

父亲的一席话令乌热松着实震惊不已。他也一下瘫坐在雪地上,不知该说些什么,也不知该如何安慰父亲。

"孩子,我这次找你回来,并不是要让你真的学会打猎,而是要告诉你,你是一个鄂伦春人,你是猎民之子,你必须知道,你的祖先们是怎样生活的。"

"鄂伦春人没有文字，我们的文化只能口口相传。我真担心，一旦离开山林，我们的狩猎文化就要消失。"说着阿什库流下了哀伤的眼泪。

乌热松这时才突然明白，他们进山前的河口平地上，那一排排崭新的房屋就是鄂伦春人新的归宿……

一晃二十年过去了。现在，鄂伦春人早已在山下过起了新的生活，乌热松回到家乡兴建的鄂伦春博物馆也落成了。父亲阿什库那支老旧的俄式"别勒弹克"猎枪也摆在了博物馆里供人欣赏。

尽管阿什库八年前永久地休息了，但他的一些话乌热松至今记得。他说："鄂伦春猎手打到猎物，要尽可能多地分割给大家享用，如此才是合格的猎手。"现在，乌热松只想将鄂伦春人世代相传的狩猎文化和自然法则与更多的人分享。他想让年轻的人们知道，他们的祖先是靠什么站在了兴安岭的群山之巅。

礼拜二饮酒时刻

后来我才发现，我们上了老佟的当。他之所以执意要去桥北的湘鹅庄，根本不是为了去喝那里五十三度的飞天酒，而是为了去见小琴。

那个时候，我们都是一帮穷学生，在师范学院念书，家里给的生活费在学校食堂才刚刚够吃,哪有闲钱下馆子。老佟不一样,老佟家在当地做买卖是很有些名气的,手里从来不缺钱。用我们的话说就是"肥得流油",所以每次他招呼我们去湘鹅庄,我们从来不拒绝,而且乐此不疲,巴不得天天去。

尽管如此,我们还是吃腻了。有一回,老卢问他:"咱就不能换家饭店吗?"老佟说:"只有湘鹅庄卖五十三度的飞天酒,这个酒好喝,咱就去他家。"

我们都是一帮蹭吃蹭喝的,有吃的就不错了,就没有再挑三拣四,便还是这样一趟趟跟着老佟往湘鹅庄跑。

我们通常是在礼拜二的晚上去,因为礼拜三上午没课,喝多了我们就回宿舍大睡一觉。因此在礼拜三的时候,我们通常是到了中午才起床,早饭都省了。礼拜二晚上也被我们这帮人戏称为"饮酒时刻"。

湘鹅庄的菜好吃,五十三度的飞天酒也的确好喝。但有一次,一个小细节让我发现老佟之所以一次次上湘鹅庄来,并不是为了这里的菜,也不是为了这里的酒。

那天,我偶然发现老佟总是有意无意地看小琴。小琴是湘鹅庄的服务员,家好像是农村的。老佟喜欢她,我一眼就看出来了。那眼神不一样。但老佟这小子从来不说,没有胆量和小琴说,也不和我们说,只是一次次去湘鹅庄喝酒,多看她几眼,但也并不多说几句话。

我不知道我们这帮人中还有没有别人发现这个秘密。但很快我就发现小琴其实对老佟也有意思。小琴看老佟的眼神,不一样。

老佟这小子酒量贼好,喝酒极豪爽,我从来没见他醉过。这小子话不多,每次有人提酒,他都只爽快地喊一声:"干。"然后将杯里的酒一饮而尽。有人喝酒爱耍酒疯,我们把这种人称作喝"武酒",老佟喝的是"文酒"。老佟喝完酒,文质彬彬,脸也不红,像没喝一样。

我们这帮人,也不知道是真傻还是假傻,也不点破,也不设计点什么小把戏撮合撮合他俩,照样只是吃肉,照样只是喝酒,仿佛什么事都没有一样。

哎,我们那个时候都是一帮愣头青啊。

过了大概有半年,有一次,我们照例去湘鹅庄喝酒,小琴没在店里,老佟神情便不自在了,眼神在店里四处巡睃,仿佛在找什么,又好似丢了什么一样。我知道他是在找小琴。但老佟这小子终究什么也没问。他不问,我自然也不好意思问什么。第二天晚上,也就是礼拜三的晚上,我们头一次在非"饮酒时刻"钻进了湘鹅庄。这当然还是老佟的主意。下午上课的时候,我就发现他魂不守舍。果不其然,一下课,他就招呼我们一起去湘鹅庄。

我知道老佟是急不可耐要去见小琴。可这次小琴还是不在店里。老佟这小子真沉得住气,还是不肯张口问什么。我憋不住了,找来饭店老板关博问:"小琴干什么去了?怎么不在店里?"关老板说:"不在这儿干了。"老佟这小子终于张口说话了:"干得好好的,怎么突然不干了呢?"关老板说:"回家结婚去了,她家好像出了什么事,我也没细问。"

老佟当时就不自在了,好像得了什么急症一样,脸色煞白,一宿没再说一句话。

在那之后,我们又去了一次湘鹅庄,是我提议去的。我当然也叫了老佟,但老佟推脱没去。于是,我们第一次在没有老佟的情况下去湘鹅庄喝酒。我们当然没见到小琴,酒也喝得不自在。隔壁桌有人喝"武酒",耍酒疯,我们便也不欢而散。第二天,我见到老佟,本来打算说些什么,但终于什么也没说。老佟见我欲言又止的样子,自然什么都明白了,也没问什么。

很快我们就毕业了,各自忙着七七八八的事,出去喝酒的机会也越来越少。我恍惚记得,自那次之后再没和老佟一起喝过酒。后来不知道是听谁说起,老佟戒酒了。

第二年,老佟结婚了,和一个从来没听他提起过的女人。我们去喝他的喜酒,喝的也是五十三度的飞天酒。这个酒根本不是只有湘鹅庄才有卖的,心里这么一想,我突然悲从中来。

心　锁

旅游中巴在沙日浩来刚一停稳,梅小梦的心就像哈日干图不知名的小鸟一样飞了起来。

透过疾驰的中巴车窗,梅小梦早就看到了沿路村民们洞开的院门和院子里鲜艳欲滴的各色蔬菜水果。司机师傅刚一打开车门,她就像哈萨尔射出的神箭一样蹿了出去。

梅小梦以最快的速度冲进路边一户村民的果园,就像在自家果园一样毫不客气地采摘起了李子、柿子和沙果。

不一会儿,果园的女主人回来了。她看了一眼梅小梦,然后径直走进了里屋。

梅小梦这才意识到自己的鲁莽和冒失，连忙从果园里走出来向女主人赔礼道歉。令梅小梦没想到的是，女主人居然从里屋端出一盆清水来。

这意思梅小梦当然懂，女主人是要帮她清洗水果。

梅小梦一下子羞愧得无地自容。

刚在中巴车上听导游讲，沙日浩来是个缺水的地方，有几个村子甚至连最基本的生活用水都困难。想到这里，梅小梦内心又是一阵感动，不住地向女主人致谢。

"你们怎么不锁门呢？"吃完了女主人为她清洗的水果之后，梅小梦忍不住问。

梅小梦曾在一本书中读到过关于蒙古族农牧民不上锁的故事，但这样天方夜谭般的事情一旦在现实中真真切切地出现，梅小梦还是觉得不可思议。

"我也说不上，就是一种习惯吧，家家户户都这样，"女主人说，"可能是因为以前生活困难，一户人家很难备齐所有的生活物资。比如说，额尔敦家要擀饸饹，只有娜仁花家有饸饹床子，直接上她家里拿就是了；娜仁花家要碾米，只有额尔敦家里有石碾子，直接上他家里碾去就行了，不必等主人回来。"

"现在还这样吗？"这种互通有无的生活方式以前梅小梦只在历史课本里看过，连忙兴奋地追问道。

"早就不这样了，"女主人说，"现在生活好了，家家户户物资都齐备，技术设备也先进，做饸饹有液压饸饹面机，碾米有砂轮碾米机，也不用东家凑西家借了，但不锁门的习惯却延续了下来。"

"大家是约定好的吗？"梅小梦好奇地问。

"哪有什么约定啊？都是自发的，习惯成自然。"女主人说。

梅小梦不禁想起自己生活的城市来。她家所在的小区多年前就已修起高高的围墙，必须通过门禁卡才能进入。此外，她还要用钥匙打开单元楼门、入户防盗门和实木内门才能进到家里。

"必须通过四道门才能走进自己家，而在哈日干图，不需要任何一把钥匙就可以走进所有村民的家，"从沙日浩来回到家的梅小梦在微信朋友圈里感慨道，"真是城乡两重天啊。"

发完感慨，梅小梦习惯性地起身走到门口，用手推了推门，确认门锁好了才放下心来。梅小梦感觉自己最近好像得了强迫症一样，很多时候防盗门明明锁好了却总觉得没锁好。

事实上，梅小梦的强迫症并非事出无因。就在上个月，小区里发生了一起入室盗窃案，房主失窃的财物至今没有追回。而让梅小梦想不通的是，就在几百公里之外的哈日干图，家家户户院门洞开却民风淳朴，城乡之别有若霄壤，问题出在哪里？梅小梦百思不解。

八月骄阳

只一眨眼的工夫，孩子就丢了。

男人像苍鹰一样扑向商场保安处。

"丢孩子的事不归我们管，"保安坚定地说，"我们只能处理一些小事，比如有人偷了我们商场的一块面包，或者在商场里丢了钱包，等等。丢孩子是大事，这种事你们应该直接报警。"

男人于是立即抓起电话报警。

"孩子是什么时候丢的?"警察在电话里问道。

"就在刚才,五分钟之前。"男人焦急地说。

"这种事我们管不了。你们的孩子失踪才五分钟,这种事天天都发生。天天都有人打电话来告诉我们,孩子丢了,可一会儿又找到了。如果你们一打来电话我们就得出警,我们的警局早就瘫痪了。"警察无可奈何地说道。

男人觉得警察的话有道理。

男人抹掉脸上的汗,对女人说道:"看我的。要是我出了事,照顾好孩子。"

男人抄起一支手提式灭火器,疾步走向商场一楼的金店前,女人顿时泪流满面。

男人不由分说砸开了金柜。警铃大作,然后商场所有的大门瞬时齐刷刷关闭了。

保安第一时间冲过来,说:"你要干什么?"

警察也不知道什么时候像神兵天降一样冒了出来,向男人举着枪大声喊道:"不许动。"

男人挥舞着灭火器说:"我的孩子丢了,麻烦你们赶快找我的孩子,他可能还在商场内,不要延误时间。"

警察继续大声喊:"不许动,放下灭火器,把双手举过头顶。"

保安说:"别管他,一看就是个精神错乱者。"

女人在人群里声嘶力竭地喊道:"不要开枪,他不是劫匪。"

男人继续挥舞着灭火器说:"我的孩子丢了,麻烦你们赶快找我的孩子,他可能还在商场内,不要延误时间。"

警察说:"不许动,再动我就开枪了。"

男人继续挥舞着灭火器说："我的孩子丢了,麻烦你们赶快找我的孩子,他可能还在商场内,不要延误时间。"

警察向对讲机里的领导请示道："这里是商场,是个封闭的环境,周围都是群众,我无法鸣枪示警,请指示。"

领导指示道："口头警告,警告无效就击毙。"

警察对着男人大声喊："我数一二三,再不放下灭火器我就开枪了。"

男人继续挥舞着灭火器说："我的孩子丢了,麻烦你们赶快找我的孩子,他可能还在商场内,不要延误时间。"

说时迟那时快,警察果断开枪,将男人一枪击毙。

就在这时,人群里有人喊道："厕所里发现了一名男孩。"

男孩很快被抱了出来。女人失声尖叫,那正是他们的孩子。

孩子已经被剃了头,换了衣服和鞋子,并戴上了墨镜,但女人还是一眼认出来了。

第二天,惊奇国全国的报纸都报道了爪哇市警察及时出警解救一名被拐儿童,并在出警期间成功击毙一名金店劫匪的特大新闻。

人们在八月的骄阳下慵懒地读着报纸,但他们并不真正关心报纸上所报道的所谓新闻。他们被火辣辣的阳光晒得昏昏欲睡,而那些新闻仿佛是很久之前的事情一样。

杀人回忆

科尔沁部第一号搏克手满都拉图的儿子青格勒被人杀了。

杀死青格勒的人不是别人，正是吉尔格勒。

"当时我们一起围猎，我一时失误误射了青格勒。满都拉图，我真的不是故意的，但我并不会因此乞求你的原谅。我现在随你处置。"吉尔格勒抱着青格勒的尸体登门向满都拉图谢罪。

所有人都以为满都拉图会一刀杀死吉尔格勒，但满都拉图的举动出乎所有人的预料。"我相信你是误射。吉尔格勒，你回去吧。这件事到此结束。"满都拉图悠悠地说。

这简直不可思议！科尔沁部第一号搏克手、科尔沁王身边的大红人满都拉图失去了自己唯一的儿子，而他居然就这样轻轻松松地原谅了杀人凶手。所有人都无法相信眼前发生的事情，而吉尔格勒更是难以相信自己的耳朵。

"满都拉图，要杀要剐随你处置，我绝无怨言。"吉尔格勒执意说道。

"我说了这件事就此结束。我还要料理青格勒的后事，你回去吧。"满都拉图再次坚定地说道。

满都拉图的眼神坚毅而不容置疑，吉尔格勒只好茫然无措地走了。

"满都拉图一定会复仇。"人们说。

"满都拉图一定会要了吉尔格勒的命。"人们的传言有鼻子有眼。

时间已经过去整整半年之久,科尔沁草原上的芨芨草已经由绿转黄,被剪过冬毛的白山羊们又开始长毛了,然而人们翘首以待的满都拉图复仇大计还没有任何要实施的迹象。这可把人们急坏了。

"怎么还不动手? 满都拉图是不是怂了?"有人问。

"你也是亲眼看过那达慕的人,满都拉图什么时候怂过?"有人反驳道。

"那他为什么迟迟不动手?"有人问。

"也许不复仇才是最好的复仇。"有人像葛根喇嘛庙里的老喇嘛一样不知所云地说道。

"这叫什么屁话!"当然有人对这样荒诞不经的话连声驳斥。

又过了一年,事情变得越来越偏离人们的想象了。满都拉图非但没有动手,反而看起来和吉尔格勒重归于好了。倘若在路上碰到,满都拉图甚至会不失友好地与吉尔格勒寒暄几句。

人们越来越看不懂事情的走向了。然而就在这时传来了吉尔格勒的死讯——吉尔格勒从马背上摔下来,被后面蜂拥而至的马群活活踩死了。

人们心头的石头终于落了地,人们相信吉尔格勒的死一定来自满都拉图精心的谋划和设计,满都拉图终于动手复仇了! 人们中甚至很少有人为惨死的吉尔格勒心生怜悯,更多的都是对经年的期待终于应验的欣慰与激动。

令人们大失所望的是,满都拉图矢口否认是他设计杀死了吉尔格勒。"吉尔格勒的死纯属意外。"满都拉图说。

令人尊敬的科尔沁王证实了满都拉图的说法。他命人对吉尔格勒的死进行了耐心细致的调查,证明吉尔格勒的确死于意外,而绝非人为设计。

威严持重的科尔沁王是值得信赖的。"真是无巧不成书。"人们只能如此感叹道。

"所有人都以为你要复仇,包括吉尔格勒自己也无时无刻不这样认为。他天天担惊受怕地活着,总以为自己有一天会被你杀死。然而聪明的你非但没有杀死他,反而装作毫不在意,像什么事都没有发生一样。你的这般表演让吉尔格勒更加感到恐惧,他天天都被迟迟不来的复仇折磨得痛苦不堪,只能在暗无天日的煎熬中独自等待着。那天吉尔格勒正是在这样的状态中不慎摔下马来,他神情恍惚,忘了避让后面的马群才死于非命。如你所言,吉尔格勒的确不是你杀死的,但他的确是死于你手。满都拉图,你不愧是最出色的复仇者!"很多年后,当九十九岁的智者乌日根达来独自面对曾经的科尔沁部第一号搏克手满都拉图时如此说道。

"乌日根达来,看来你还没有老,"满都拉图悠悠地说,"不过,你还是差了一点,你有没有想过,吉尔格勒是自杀的呢?"说罢,满都拉图自顾自哈哈大笑起来,这笑声比科尔沁草原怒吼的寒风还要令人心生恐怖。

小公务员之死

老覃在单位干了三十年，还有三年就退休了。就在这时候，老覃被提拔成了副科长。

干了一辈子科员，临退休得到提拔，这令老覃简直受宠若惊。

提拔的决定是领导刚刚做出的，老覃坐在椅子上还没从喜悦的情绪中跳出来。虽然已经下班了，但老覃还没有马上回家的意思。

老覃觉得这是他人生中新的开始，他应该做一些改变，以此来迎接这个新的开始。他决定去单位北门对面的理发店理个发。新的开始不就是从头开始吗？那就从头开始。

高高兴兴从理发店出来的老覃意犹未尽，他觉得仅仅理个发还不够，还应该为自己庆祝一下。他决定去一家很久都没有去过的男装店为自己买一套衣服。从明天开始，他就要穿着这套新衣服，以一种崭新的姿态，同时也以一种崭新的身份开始工作。

就在这家男装店旁边，老覃看见一家眼镜店。老覃几乎毫不犹豫就走进店里，他决定为自己买一副眼镜。

单位除了一名年轻的女科长没戴眼镜外，其他所有的正副科长，无论男女，无一例外都戴了一副眼镜。一副眼镜似乎是一名科长的标配。

其实，以前老覃也是戴眼镜的。在单位干了这么多年文秘，老覃早就熬花了眼。但有一回，有人在酒席上调笑他为单位当牛做马一辈子，眼睛都熬花了，连个科长都没当上，甚至连副科长也没轮上，简直白混了。老覃想想也觉得憋屈，越想越气，最后竟一把将眼镜扔了。

现在，老覃终于有了"名正言顺"戴眼镜的理由。不戴不要紧，现在重新戴上反而不适应了。老覃使劲眨了眨眼睛：怎么戴这玩意儿怪别扭呢？但无论别扭不别扭，舒服不舒服，老覃这眼镜是买定了。

这么多年老覃每次从单位下班回家走的都是同一条路线：从单位北门左拐进入解放西路，再北拐进入平安大街。老覃决定从今天开始换一条路线。是的，今天是新的开始，就得走一条新的路线。

老覃决定先往北走，再左拐进入和平西路，再北拐进入人民大街。然而就是这样一个毫不起眼的改变，不幸发生了。

老覃不知道，和平西路已经封闭很久了。老覃当然不知道，因为老覃已经很久不走这条路了。或许是老覃太兴奋了，也可能是那副新买的老花镜他还不能完全适应，摆在路口醒目的蓝色警示牌上"禁止通行"几个大字他压根没看到。

一台背对着老覃正在作业的铲车一下就将老覃撂倒了。

尽管提拔的决定已经做出，但任命文件却没有正式下达，而在文件下达之前老覃已经意外身亡，因此老覃自然不能享受副科长的待遇。老覃还是得以普通科员的身份进行遗体告别仪式。

有人半开玩笑地说，老覃是死不瞑目的，因为他明明已经升了副科长，却一天副科长的待遇也没享受上，老天简直不开眼。

老覃如果在天有灵，不知道会不会真的这么想。

直到时间尽头

从今天开始，我就要"光荣"地退休了。

光荣吗？当然。我这一生，当了四十年警察，破了无数奇案，立了无数奇功，获得了令无数人艳羡的各种荣誉与嘉奖。在所有人看来，我这一辈子足可骄傲。

可我丝毫也骄傲不起来。

一切都是因为二十五年前的那桩案子，那是我从警生涯中唯一没有破获的一桩命案。被害者不是别人，而是我最好的朋友，也是我的高中同学老汪的女儿小美，当时她还只有十三岁。

我当然见过小美。那么美丽清纯的一张面庞——让多少人见了一面就终生难忘的青涩面庞，永远地消失在了那个黑色的雨夜。

我一生都记得那一天。从那天开始，老汪一家就垮了。我无数次见过老汪那张憔悴的脸和那几乎是在一夜之间变成冰霜的白发。我无法直视老汪这形容枯槁的样子。我想，大概只有世间所有的劫难一起降临，才能把一个人摧残成这样。

我疯狂地查阅所有的案卷资料，试图从每一个可能遗漏的细节中寻找案犯留下的蛛丝马迹。可是我失败了，那个杀人恶魔好像是遁形了一般，在我的视野中消失得无影无踪。

老汪一次次来局里找我，却从来不张嘴向我逼问案子办得如何。是的，他从来没有责难过我。但他越是这样欲言又止，我心里就越是难受。他滑动的喉结仿佛有无数的苦涩等待倾泻，而这样的时刻，我如何能告诉他案子还没有任何新的进展？

我一生破案无数。是啊，多少我素昧平生的陌生人的案子都破了，偏偏小美的案子破不了——如果小美的案子破不了，我纵使破再多的案子，心里还是会有莫大的遗憾。

我开始发了疯似的往案发现场跑。一天一天，一年一年。除非去外地办案，否则我每天必去一次现场——河西医院后边的那片小树林，雨雪和岁月从来不能阻挡我的脚步。

老汪每天风雨无阻地来局里找我，一如我从不间断地去案发现场。人们说老汪得魔怔了，我想我也是得魔怔了吧。

在别人看来，我这样疯狂的行为毫无意义。现场的痕迹早已被二十五年前那场突如其来的暴雨冲刷殆尽，何况是二十五年后的今天，还能指望有什么新的发现吗？

是啊，时间过得真是太快了，一晃竟然已经过去整整二十五年。当年的河西医院早已经搬迁，如今这里成了实验中学的西校区，我也从一名年富力强的年轻警员变成了即将退休、"荣誉等身"的老警察，而老汪也在五年前突然搬去了一个从未听他提起过的远方城市。

老汪临走前最后一次来局里找我，拍着我的肩膀说："常联系。"五年了，我却从未与他联系。

我多么希望真有一天能拨通老汪的电话啊。

现在，我就要退休了。这也许是我最后一次到现场吧？老汪，我现在就蹲在这小树林的水沟旁，如果明天我不来，你会原谅我吗？

当年,小美的尸体就是泡在这狭小的水沟里。当年,这水沟还没有现在的混凝土沟道,水流也没有现在这样大——已经二十五年了啊。

我准备站起身,突然,一只足球飞过来,落在水沟里,溅我一身水。水流很急,我连忙将足球捡了起来。

一个气喘吁吁的小男孩跑过来。"叔叔,谢谢你。"男孩说着从我手中接过足球,看到我身上溅满的水渍,又不好意思地说:"叔叔,对不起。"

"不要紧。"我冲男孩摆摆手。

"叔叔,你在这里干什么呢?"男孩问。

"没什么,就是看看。"我说。

"奇怪。"男孩若有所思地说。

"有什么奇怪的?"我问。

"以前我在这里踢球时,也碰到过一位叔叔,我问他在这儿干什么,他说的是和你一样的话。"男孩肯定地说。

我心里一震。"你还记得那位叔叔长什么样子吗?"我连忙问道。

"不记得了。"男孩摇摇头。

"你记得是什么时候见到他的吗?"我又问。

男孩还是摇摇头。

"好的,好的。"我说,"你去玩吧。"

我明天一定还会来的,老汪,等着我。

一步之遥

哈斯巴根并不知道敖日格乐此行另有目的。

敖日格乐今年非要同哈斯巴根一起去归绥打工的目的是杀人。敖日格乐要杀的不是别人,正是哈斯巴根。

敖日格乐年前一回到嘎查就听到了乌日娜和哈斯巴根的风言风语。起先敖日格乐并不在意,他清楚乌日娜的为人,在他看来,她是断然不会做出那些事情来的。但风言风语并没有因为敖日格乐的毫不在意而销声匿迹,反而像白音胡硕的狂雪一样更加铺天盖地地漫卷开来,甚至越来越有鼻子有眼,这就让敖日格乐不得不起疑心了。

流言总是像春天的流感一样令人苦不堪言。敖日格乐在外整整打了一年工,这次回家过年本来应该与乌日娜分外亲密才对,但没过几天,敖日格乐变得连话也不愿意多说一句了。

流言,敖日格乐听到了,乌日娜当然也听到了,因此她自然知道敖日格乐冷面相对的原因。乌日娜或许因为心里无愧,或许因为并没有把柄被敖日格乐抓住,于是也没摆什么好脸色。

这个年两个人过得都不自在。

去年敖日格乐一直在包头打工,今年原本也是要去包头的。但就在出发前几天,敖日格乐突然改了主意,他决定同哈斯巴根一起去归绥"碰碰运气"。

乌日娜当然知道敖日格乐为什么突然改了主意,但直到他俩一起坐上马车,乌日娜也没动一下嘴皮子。

乌日娜冷漠的表现让敖日格乐更加坚定了疑心,也更加坚定了他内心那个隐秘的念头。

敖日格乐出门的目的如此明确,但真正要动起手来却并非易事。静下来的时候,敖日格乐不断在心里盘算,他是否真的有必要把这个愤怒的念头变成现实,他这么做是否真的值得? 何况这一切还只是捕风捉影,他连一点直接的证据都没有。

敖日格乐在等,他想先抓到点什么再动手不迟。但前天晚上发生的事情让他一下攥紧了拳头:他必须好好教训教训哈斯巴根。

就在前晚,敖日格乐和哈斯巴根他们几个一起掷骰子,哈斯巴根突然怀疑敖日格乐作弊。哈斯巴根一把将骰子甩在桌上,怒气冲冲地对敖日格乐说:"想不到你是这种人!"

"我是哪种人?"敖日格乐气得牙痒痒,"你怎么不说说你自己是哪种人?"尽管出离愤怒,但敖日格乐强压怒火,并没有出言还击,只是在心里骂骂罢了。

敖日格乐觉得,是时候做一个了断了。

现在,敖日格乐只需要一个机会下手。

整整一个上午,敖日格乐都在工地那幢即将完工的楼房上徘徊着。他想,如果现在他将脚下的砖头踢下去砸在哈斯巴根头上(哈斯巴根此刻正蹲在施工平台上干活,对此毫不知情),哈斯巴根从平台上掉下去的话,他将必死无疑。而敖日格乐则将一口咬定他是不小心将砖头"碰"下去的,这样他顶多得一个过失杀人罪。

敖日格乐曾在半张残破不堪的《盛京时报》上看到过一个新闻，一名士兵因误杀市民被以过失杀人罪判刑四年。杀一个人才蹲四年牢房，敖日格乐心里觉得挺值。也就是从那时起，敖日格乐在心底抱定了制造一个"过失杀人"时机的想法。

敖日格乐犹豫着，他在想是不是真的应该把砖头踢下去。他的嘴唇因为激动而不停地上下翕动着。就在他终于下定决心准备抬脚的时候，"轰"的一声闷响传进了他的耳朵，他连忙俯身向下看去——哈斯巴根浑身是血地躺在了地上。

一丝短暂的惊诧之后，敖日格乐拔腿便向楼下跑去。他知道附近有所外国人办的公教医院，他现在唯一要做的，就是尽快将哈斯巴根送到那里去。这么想着，1944年春天刺骨的寒风便在他耳边与他一起跑了起来。

光阴的故事

这么等下去不是办法。母亲一天比一天消瘦，我真担心她等不到父亲回来的那一天。我必须抓紧再打探打探父亲的消息。

我决定给国防部写信。我在信封上写下"中华人民共和国国防部收"十一个大字，贴上五角钱邮票，把信投进了邮筒。

我开始焦躁不安地等待国防部回信，天天往村委会跑。镇上的邮递员总是把信件扔到那里。一个月过去了，没有我的信。我跑到镇上，镇上也没有我的信。

我怀疑邮递员弄丢了我的信，或者国防部根本就没有收到我的信——我写的地址太简单了。我焦急不已，可是毫无办法。我想，我可能永远也得不到父亲的消息了。

父亲 1931 年参加工农红军，然后便音讯全无。1949 年，同父亲一起参军的乡人陆续返乡，父亲却仍然没有音讯，乡里说什么的都有。

有人说父亲早死了，也有人说父亲没死，只是当了叛徒，同蒋介石跑到台湾做了官。

母亲不为所动，像从未听过这些流言一样，仍是铁了心等。多少人劝，没用。

时光在母亲脸上的皱纹间悠悠流过。转眼，就是六十年。

六十年间，我不知去过多少趟民政局、军分区和档案馆，没有得到关于父亲的一个字。

母亲八十五了，目光仍望着村口。

不能再等下去了。我准备再次启程前往中国第二历史档案馆。就在那个清晨，我收到了国防部的来信。

我不敢相信自己的眼睛，我不敢拆开手中的信。

我躲在屋后，双手颤抖着偷偷拆开信，看到了那个我们已经料想到的结果。

我不敢把信交给母亲，我害怕母亲衰弱的身体承受不了这样的结果。我决定等母亲身体好一点再告诉她。

我在母亲的病床前坐立难安。母亲当然看出了我的心事。

"有什么事你就说吧。"母亲平静地说。

心中的隐秘已经无法再藏，我只好把信拿出来。

"把手洗干净，"母亲的语气依旧平静如初，从床上坐起身说，"念给我听。"

我把手洗了三遍，认真擦干净，一边观察母亲的神情一边颤抖着念道：

尊敬的何象奎同志亲属：

你们好。

来信收悉。你们在来信中提出的关于调查何象奎同志下落的请求，我们高度重视。接信后，我们立即安排专人负责此事。尽管由于年代久远，当年的档案资料十分稀少，而何象奎同志所在的部队也已历经多次整编，但我们仍然通过大量调查走访，查明如下信息：何象奎同志于 1931 年在江西瑞金参加中国工农红军，于 1934 年 10 月随中央红军参加长征，在 1935 年 8 月翻越松潘草原时，于战斗中英勇牺牲。由于当时通讯困难等原因，未能及时将消息通知家属。

我们对何象奎同志的牺牲表示沉痛的哀悼，向他为革命事业作出的伟大贡献致以崇高的敬意，并向你们表示衷心的慰问。

我们将向贵地政府部门去函，尽快落实你们的烈属身份待遇。在此期间如有生活困难和其他问题，请一并相告，我们将妥善解决。

何象奎同志永垂不朽！

我念完信，母亲已是满脸泪水。

"记住这个日子，"母亲说，"你父亲是英雄。"

我点点头，轻轻拭去母亲脸上的泪水。

我当然记得那个日子。那一天是 1991 年 11 月 3 日。我在中国地形图上找到松潘草原，它的位置在我们家的西北面。我面向西北，跪在地上磕了三个响头。

那一夜，母亲突然走了，面容很安详。

寒冬夜行人

在广州这家彩灯公司做了快五年吧。五年来，每逢过年罗春风都是最后一个回家。

做彩灯这行与别的行业不一样。到了年底，别的工厂早早歇了业，工人们都迫不及待地赶回家过年。唯独彩灯行业是个例外，过年过节的时候就是彩灯生意最火的时候。一沓沓的订单送到设计制作部，罗春风就更忙了。

谁都知道，自贡是彩灯之乡。罗春风他们几个自贡师傅在公司就紧俏得很，许多客户点名要他们做。罗春风心里想，等这批大型彩灯做完就可以回家了。可还没等他愣过神，又一批订单送了进来。就这样不断地接单，眼看就到了腊月二十七。

不管怎么说，过年一定是要回家的。这是中国人过年的规矩。老婆孩子都在自贡老家，从年头到年尾罗春风想念的都是他们。再说了，在外辛辛苦苦干一年，不就是图与家人一起过个好年吗？

终于等来了公司的放假通知。一结完工资，罗春风就直接跑向了火车站。

硬座票已经没有了，只有一趟临时加开的慢车还有无座票，到自贡要 36 个小时。"无座就无座吧，总比没票好。"罗春风顾不得这么多，毫不犹豫地买票上了车。

到了自贡,过年的气氛就上来了,到处都是色彩斑斓的花灯。"咱们自贡真不愧是花灯之都!"罗春风在心里感叹道。尽管他自己就是一名老练的花灯设计师兼制作艺人,在公司里算得首屈一指的能工巧匠,但与眼前这些创意十足、惟妙惟肖的仿生恐龙花灯比起来,罗春风还是自叹弗如。

无暇多顾,罗春风就急忙赶往长途汽车站。罗春风老家在农村,他还要搭乘回县城的班车,再从县城搭乘到镇上的班车,再走十里山路才能到家。

紧赶慢赶,等罗春风终于到了镇上,已是年三十的晚上十点。本来他心里还抱有一丝期望,兴许能碰上一辆回村的顺风车,眼下却连辆车的影子都没有。

按说到了年根,街上应该有些揽活的摩托车。罗春风心里这么惦记着,转念又一想,这都年三十了,谁还会上街来揽活、不待在家里过年呢?

一阵寒风吹起,罗春风紧了紧衣领。"走吧!"罗春风在心里对自己说,抬眼看了看那几只孤零零地挂在商场门口的彩灯,便拎起行李向村口走去。

电是突然之间停的。这在农村过年是常有的事。年三十家家户户都点着灯开着电视,电就不够用了。原来还有沿路人家星星点点的灯光,这下可好,整个山村全黑了。

好在这条山路罗春风实在太熟了。即便没有光亮,罗春风也能摸清路的方向。

没去广州打工之前,罗春风就在镇上扎彩灯。每天早出晚归,这条路罗春风走了十几年。多少年过去了,路还是原来的样子,没铺水泥也没铺沥青,一点也没变,仿佛这世界的发展变化与它没关系一样。

这一年在外面做了上万个彩灯,现在却没有一盏灯为自己亮起。这么想着,罗春风心里顿时涌起一股悲凉,步子也一下慢起来,仿佛身上的行李有千斤重。

又一阵寒风吹起,罗春风打了个寒战。恍惚中,他好像看见了远处的一星灯火。那灯火是如此微弱,但罗春风还是认出来了——那是他家的灯火,因为那灯光分明来自他亲手扎的彩灯—— 一盏通红的彩灯!

是妻儿点了彩灯来迎他回家! 罗春风眼睛一热,甩开了步子。

莫尔根的敖包

莫尔根是我见过的世界上最懒的萨满。尽管除了他之外我从未见过任何一个别的萨满,但我确信如此。

世界上最懒的萨满莫尔根对我说,他要建一座世界上最大的敖包。但遗憾的是,到目前为止,他宏伟的愿望还远远没有实现。

每隔一段时间,至少是三天,至多是三个月,萨满莫尔根就会到来,往那座低矮不堪的敖包上扔几块石头。

"你的敖包建好了吗?"我问萨满莫尔根。

"会建好的。"萨满莫尔根头也不抬,以一种肯定的语气回答我。

"是不是你带回来的石头太少啦?"我又问。

萨满莫尔根并不回答我,抬头看了一眼他那一点也没成形的敖包,转身慢悠悠地走了。

"你的敖包建好了吗?"我看见萨满莫尔根远远地走过来,便大声问道。

"会建好的。"萨满莫尔根肯定地说。

"你每天都干些什么呢?"我问。

"我每天都在草原上走啊走,到处找石头。"萨满莫尔根比画着说。

"石头好找吗?"我追问道。

萨满莫尔根又不搭理我,抬头看了一眼好歹长高了一点的敖包,转身消失在了草原上。

每一个路过的蒙古人都会下马找几块石头扔在敖包上,尽管如此,萨满莫尔根的敖包要建起来还是远远不够。

又过了一阵,但我感觉好像过了很久,似乎比萨满莫尔根每一次出现的时间都要隔得久。

"你的敖包建好了吗?"我迫不及待地问。

"会建好的。"萨满莫尔根气喘吁吁地回答我。

"你为什么要建世界上最大的敖包呢?"我追问道。

"为科尔沁草原上的牧人指路啊,远道转场的人们看见敖包就能分辨方向。"萨满莫尔根看着他那总也长不高的敖包说。

"你确定建得成吗?"我问。

"当然,"萨满莫尔根用一种含混不清的语言嘟囔着说,"草原上怎么能没有敖包呢? 一定建得成,一定建得成的……"

萨满莫尔根下一次出现隔的时间更久了,久得我甚至以为他永远也不会再出现。

"你的敖包建好了吗?"我远远地看见草原上出现了一个黑点,便大声朝那个黑点喊道。

我知道那个黑点就是萨满莫尔根。

"会建好的。"萨满莫尔根也不知道是真的听到了我的问话,还是猜到我一定会问这个没完没了的问题,当他走近我时便自顾自说道。

"可是,牧人们不需要指路了,莫尔根。"我悲伤地说。

"为什么?"萨满莫尔根惊诧地瞪大眼睛。

"卓里克图王把草原卖了,莫尔根,从明天起,我就不再放羊了。"我流出了眼泪。

萨满莫尔根每天都在草原上走啊走,他当然已经见过草原开垦成的农田,不安生地站在草原上的奶牛、山羊和白驼变成了一动也不动的高粱、玉米和向日葵。

萨满莫尔根痛苦地坐在地上,我从没见过一个人如此悲伤,直到我赶着羊群离开,萨满莫尔根也没有从地上站起来。

直到这时我才突然发现萨满莫尔根老了,科尔沁冬天的狂雪不知什么时候已经吹白了他的头发。

那一年是宣统三年,干支纪年法叫辛亥年,也叫公元一九一一年,那是我最后一次见到萨满莫尔根。从此,我再也没有见过他,或许他死了,谁知道呢,他已经足够老了。但萨满莫尔根的确建成了世界上最大的敖包,尽管我从未见过任何其他的敖包,但我确信如此。

萨满莫尔根的敖包至今仍孤独地矗立在科尔沁沙地上。你如果见到它,也一定会赞叹它的雄奇壮观。尽管它的建立旷日持久,但它浑然一体的轮廓,真让人相信它是一夜建成。

箭的使用方法

我家正北的墙面上挂着一支箭。这支箭看起来普普通通,却颇有些来历,那是很久之前的事了,那时,我父亲毕力格跟着我的祖父道尔吉到扎罗慕德去打猎……

我祖父道尔吉是一名远近闻名的神箭手。刚出发不久,他就在白音杭盖射中了一只灰色的野兔。野兔一箭毙命——祖父的箭法果然名不虚传。可当彼时尚年幼的我父亲毕力格兴冲冲地跑去捡猎物时,另一只手却抓住了野兔。

"兔子是我们打到的!"那个身穿旧皮棉袄的小男孩说。

"不,明明是我们打到的!"我父亲毫不相让。

"我们的箭是由南向北射出去的,而你们却在东南面。很明显,这只兔子是我们射中的,你快把兔子给我!"那个男孩争辩道。

"你根本就是在说谎,我才不给你!"我年幼的父亲和小男孩谁也不让谁。

就在两人相持不下的时候,小男孩的父亲和我祖父同时赶到了。

"好啦,把兔子给他吧。"小男孩的父亲摸着小男孩的头说。

"不,兔子是我们打到的,我不给!"小男孩倔强地说。

"好啦,给他吧。我们再去打,我保证今天一定还能打到一只更肥的兔子。"小男孩的父亲拍着胸脯说。

听父亲这么一说,小男孩虽然心有不甘,但还是松了手,一步一回头地走了。

"你今天让我丢了脸。"晚上回到家时,祖父道尔吉很快发现了问题,他生气地说:"毕力格,这只兔子明明是人家射中的,你为什么要抢回来?"

我年幼的父亲争辩道:"阿爸,这明明就是你射中的。"

"毕力格,我告诉你多少次了,做人要诚实,"我的祖父失望地说,"你不要再狡辩了。你来看看这个。"说着祖父把那支从兔子身上拔出的箭矢高高地举起来给我父亲看。

那是一支箭头上不带倒钩小刃的箭矢——显然不是我们家的箭。

父亲低了头。

"上马吧,毕力格,我们去给人家道歉。"祖父说道。

"天这么晚了,阿爸,明天再去吧。"父亲乞求道。

"毕力格,上马!"祖父坚定地说。

"阿爸,你真的要把兔子还给他们吗?"父亲仍然心有不舍。

那是一个饥荒的年代,祖父一家别说已经很久没吃过肉了,就连大碴子粥也很难喝饱。

"毕力格,我们家虽然穷,但是别人的东西我们不拿。不要再说什么了,快上马!"祖父的语气坚定不移。

祖父领着我父亲连夜赶到了那户牧民家。

"我的孩子今天给我丢了脸,请你原谅。这只兔子是你射中的,我们把它还给你。"祖父恭敬地把野兔递给了那个小男孩的父亲。小男孩的父亲也是豪爽之人，竟然还为我父亲解起了围：
"当时天色已晚，也实在不好分清到底是谁射中的，不如我们各
分一半吧。"

"不，它就是你射中的。我从兔子身上拔出了属于你的箭。"
祖父坚定地说。

"既然这样的话，那我也应该分一半给你——作为你们远道
将它送回来的赠礼。野兔本来就是天神腾格里赠给我们蒙古人
的礼物。伟大的成吉思汗曾经说，牧场不能一人独占，所有的牧
民一起放牧牛羊才肥壮；美酒不能一人独酌，所有人一起畅饮才
清香。我们理应分享它！"那位牧民爽快地说。

"感谢你的好意，"我祖父坚定地说，"如果你当真愿意有所
馈赠的话，就请你将这支箭送给我吧。我将把它作为我们家族耻
辱的象征来永世珍藏。"

这就是我家墙上那支箭的来历。我到白音胡硕牧业局上班
的那年，父亲去世了。他将那支箭传给了我，并向我讲述了上面
这个故事。

我将这支箭仔细端详，它实在并不华丽，不像我们家族的箭
矢一样有着洁白的箭羽和笔直的箭杆，它做工过于简单，甚至显
得丑陋，但我确信我并不会丢弃它，我一定会像祖父说的那样，将
它永世珍藏。

双 鱼

灾难是突然降临的。

我是金山湖里的一尾红鱼。那一日,我和他正悠然徜徉在金山湖里,漫无目的地分享那一段慵懒的午后时光。当我们蹁跹游至北岸近旁时,他蓦地发现了那一粒悬在水中的美味。

他温柔地以眼神暗示,将那美味全让予我。我当真如此嘴馋,浑然不知那是人类埋下的陷阱。霎时间,我被一只银亮的鱼钩钩住了下颚。

脱离湖面的一刻,我死命挣扎。我的挣扎,并非出于对性命堪虞的惊惧,而是源于我将永远离开他的不舍。

是的,我以为我将就此与他永别……

我是被一位白衣少年钓起的。他全无伤害我的意思,只是将我置于一只透明的鱼缸中,送给了一位红衣少女。

红衣少女欣喜地将我带回家中,轻轻置于卧房的书桌上,时时驻足欣赏。

红衣少女的卧房实在温馨漂亮,我却丝毫不喜欢这里。我心里唯一的位置,只有那金山湖里温柔的怀抱。

红衣少女见我满面忧伤,不由心生怜惜,天天为我喂食,日日替我换水。我却仍旧郁郁寡欢,并不领情。

见我委顿如此,红衣少女心焦不已。许是以为只有我孤零零的一尾鱼太寂寞了吧？红衣少女心细如发，很快便在花鸟鱼市给我寻回了伴侣。

红衣少女自然还是失算了。她哪里明白，经年相守方能换得良人佳偶，人间爱情无外乎此，鱼难道就有天降速配的姻缘？鱼与人的世界岂不是一样的道理？

我仍是日甚一日地憔悴下去。我想，我大概就要死了吧。

遭此劫难，我自是早已丧失生的依恋，唯一难舍的，便是金山湖里那怅惘的他——今生无缘再见，那就等来世吧，唯愿来生相见不相离。

我已坐等死神来临，然而命运便是这样不可测，我竟被那红衣少女重新放回了金山湖中。

纵使人间喜乐千般多，也终于有人知道鱼的痛苦么？

星月流转，我竟重回了金山湖中。我自是不信这上苍捉弄般的安排，我在湖中四处游弋，试图寻找那熟悉的身影。

直至此时，我方觉出金山湖竟是如此之大。水波茫茫，要到哪里才能找到他的踪影？何况鱼的记忆如此之短，须臾之间便往事随风，他可会像我一样将过去铭刻心底，丝毫未曾忘记？纵使记得，他可会为我不渝守候？

想到这里，我的身体顿时向下一沉，心里不由一片空茫……我正欲转身离去，就在那一霎，我的眼神当真瞥见了那熟悉的身影，竟还立在当初那分别的地方不曾离去。

那孤零零的身影，仿佛一个永恒的守护者，一动不动地等在那里。

我的眼泪不由分说落进浩渺的金山湖中。我的脸上是泪水还是湖水我并不清楚，唯一确知的便是快游啊，快游，快飞向那孤影，飞向那没有被辜负的光阴。

非我莫属

　　将查克图引荐给达尔罕王的时候，我万万不会想到，他竟会成为达尔罕第一搏克手。

　　查克图是额吉在旗里捡回来的，他的父母在一场毫无预兆的山火中不幸双双丧命，查克图成了无人收养的孤儿，额吉忍心不下，将他带回了家中。

　　一个十四岁的孩子天天待在家中绝不是长久之计。给人一只野兔不如给人苍鹰般捕获野兔的本领。第三年春天牧草复苏的时候，我决定把查克图引荐给达尔罕王。

　　这个决定不是心血来潮，也不是我不想再白白养活这个孩子了，而是因为我偶然间发现了查克图的搏克天赋。

　　要知道，蒙古搏克是不分量级的，无论身高体重，也无论年龄大小，只要是敢于上场的勇士都可以自由搏击。

　　稍有常识的人都知道，身高、体重和年龄占优者是多么容易取得比赛的胜利。尽管如此，尚不满十六岁的查克图却在我眼皮底下轻松地战胜了十九岁的哈斯巴根，而哈斯巴根也足可谓一把搏克好手。

　　我迫不及待地将查克图领进了达尔罕王府。达尔罕王在目睹了查克图的一场精彩表演之后，十分高兴地将他召入府中做了他的府兵。

很快,两年一度的达尔罕全旗那达慕大会就要举行了。哲里木盟所有能请到的王爷、贝勒都请到了。毫无疑问,这将是盛况空前的一场大会。

达尔罕很久没有这么热闹了。敖包祭祀、赛马、射箭等项目一一举行之后,万众瞩目的压轴大戏——搏克决赛终于在人们的热盼中拉开了大幕。

站在最后的决赛场上对垒的两位勇士不是别人,正是查克图和我。

我把查克图引荐给达尔罕王的时候万万不会想到,他竟能走到全旗那达慕大会的决赛场,而他还仅仅是一个十七岁的孩子。

我更加想不到的是,他竟当真会在决赛中将我击败,取代不可一世的我成为新的达尔罕搏克冠军。

达尔罕最受人尊敬的长者仁钦道尔吉高高地举起了查克图的手臂,而此前,他从来只会举起我的手。

这简直是奇耻大辱。

要知道,查克图这小子走上决赛场的那一身行头——五彩将嘎、牛皮召格德、白布班泽勒和蒙古靴,哪一项不是我亲手替他置办的?

要不是我将他引荐给达尔罕王,他哪里会有今天? 三年前若不是我好意收留他,查克图如何能活到现在?

我坐在地上痛苦不堪,这样的场面我从来不曾想象。我不曾想过在搏克场上我竟然也会有失败的一天,我更不曾想过击败我的人不是别人,竟是我亲自教他搏克的查克图……

"搏克讲究扑、拉、甩、绊等动作技巧,但最重要的是反应要快,动作要准,所谓眼尖如鹰、快如苍狼……"这些当初我一句一句讲给查克图的话现在听起来多么像是讽刺……

欢庆的时刻,我将私酿的白酒端给功成名就的新晋搏克冠军查克图:"你真不赖,查克图,我果然没有看错你!"

查克图将我手中的酒一饮而尽,并向我投来感激的拥抱。

所有人都在围着篝火尽情跳舞,没有人发现新晋达尔罕第一搏克手已经沉沉睡去。

等欢庆的人们从筋疲力尽的睡梦中醒来,发现史上最年轻的达尔罕搏克冠军已经成了一名傻瓜。

"他喝了太多的酒,烧坏了脑子。"人们无奈地摇了摇头。刚刚升起的搏克之星竟这么快就陨落了,没有一个人不为此感到遗憾。

我将傻瓜查克图重新带回家中,嘱咐额吉好好照顾他:"他还只是个可怜的孩子。"

我摸了摸查克图圆滚滚的头,像石头一样躺着的查克图仍然一动不动。有一个事实他显然并不清楚——世间只有一个达尔罕第一搏克手,而那个人是我。

水币时代

公元 2626 年,人类货币发展史继实物货币、称量货币、纸币、电子货币之后,进入了第五个发展阶段——水币时代。

关于水币属不属于货币在业界还存在着巨大争议。有的专家认为，水币至少在形态上还属于纸币，它由国家水行负责发行，通过各大商业水行的电子结算业务，它又成为电子货币，因此水币事实上还属于货币的第三个和第四个发展阶段。有的专家认为，水币其实质还是称量货币，和以前的金、银、铜、镍币并无二致，水币所代表的水也是以称量的方法体现其价值的。还有一部分专家认为，水币实际上应该属于实物货币，因为不同面额的水币代表着不同体积的水，水在这里充当着等价物的功能。因此这部分专家认为，我们使用水币实际上又回到了人类货币发展史的第一个阶段，即远古以物易物时代，我们不是进步了，而是倒退了。

无论专家们的观点如何，随着水资源的日益枯竭，人类已经不可挽回地迈入了水币时代。当然，人类已经进入 27 世纪，民众们自然不必拎着盛水的容器在大街上四处奔走，而只需要带着水币就可以轻松地进行各种商业交易。比如，你在书店买一本书时支付面值 50 升的水币即可，在一家鞋店买一双鞋支付 100 升水币即可。人们甚至连水币都可以不用带，只需要带任何一张商业水行发行的水行卡也可以完成即时支付。

与 21 世纪的古人做法类似，你只需要拿着水币或输入自己的水户密码即可以兑取等值的水。这实在太方便了。尽管眼下水资源短缺是个全球性问题，但随着水币的日渐推广使用，人类对于水资源的利用似乎正朝着一个积极乐观的方向发展。但问题很快来了。

一定面额的水币虽然可以兑换相应容积的水，但水的质量（不是物理重量，而是水质的优劣程度）却不尽相同。比如说，你拿着面额 100 升的水币到上善水行可以兑换到 100 升富含矿物质的优质水，到如斯水行却只能兑换 100 升几乎不含任何矿物质的纯净水，在仁爱水行甚至只能兑换到 100 升需要通过净水器过滤、不能直接饮用的污染水。同样是一张面额 100 升的水币，差别却在霄壤之间，这当然令愤怒的民众们感到不满。

国家立法委员会为此召开了专门会议商议对策。"立法委员"们很快达成共识，他们认为，立即成立一个饮用水国家标准起草委员会是解决问题的根本办法。以委员会制定的饮用水国家标准来检测各大商业水行提供的水质，唯有达到国家标准的水才可以向民众兑换，否则非但不可以兑换，胆敢违规的商业水行的规定还将受到严厉制裁。

此举一出果然奏效，民众们再也不用为各大水行的水质不均而担心了，但新的问题很快又来了。如你所知，公元 27 世纪的世界已经高度全球化。民众们很快发现，他们拿着甲国发行的 100 升水币在乙国的商业水行却无法兑取 100 升饮用水，而丙国民众拿面额更少的本国水币却可以兑换到。大声咆哮的民众把怒火指向了某些操纵水币汇率的巨头们。

如何确定水币汇率又成了一个令人头疼的问题。各国为此争吵不休，尤其是那些贪得无厌的大国们更是寸步不让，一场争夺水的战争看起来一触即发，地球又要不可避免地陷入一如既往的疯狂和灾难了。

朋友圈

"说吧，什么时候的事？"刚一进门，衣服还没来得及换，我就迫不及待地问魏洁。

"什么'什么时候的事'？"魏洁一脸不解地反问我。

"你还不知道吗？你和夏礼的事。"

"我和夏礼有什么事？你脑子有病吧？"魏洁气咻咻地骂道。

你看看，还没正式开始聊呢，魏洁已经急眼了。

"魏洁，你不要急。既然我打算和你说这件事，我就是想和你心平气和地谈一谈，把话说清楚，没打算和你吵架。我们好好把这件事谈一谈，好吗？"我耐心地说。

"谈啥呀？你脑子有病吧？"魏洁还是一副气咻咻的样子。她平时可不是这样的，她平时从来不骂人，但这会儿已经连骂两次了。

看来我的猜测是对的——魏洁出轨了。想到这里，我心里一阵难过，但我还是强压痛苦，以一种刻意保持平静的语气继续说道："魏洁，我们坐下谈吧。"

"坐什么坐呀？有什么话你给老娘说清楚。"魏洁看来真是气极了，说话已经完全不是平时的口气了——她可从来不自称老娘。

魏洁这是在虚张声势，她没有底气了才故意这样大喊大叫地给自己壮胆。

魏洁浮夸的表演越来越坐实了我的猜疑，我心里突然有点悲凉。

"那好吧，你听我说。"我尽量使自己保持平静。

"知道我为什么突然拉你回来吗？"我问魏洁。

"我还想问你呢，你说你是不是有病，刚到人家里没几分钟就要走，你说你是不是有病？"魏洁怒气冲冲地说。

"魏洁你不要急，你先听我说，听我说完你就知道我为什么要走了。我们在夏礼家不是用 iPad 给夏礼的儿子照了相吗，我想发条朋友圈。我刚准备问夏礼 Wi-Fi 密码，Wi-Fi 居然自动连上了。"

"你不是说要去看人家孩子的吗？怎么刚进门就只顾玩 iPad？"魏洁反问道。

"这不是问题的重点，魏洁，你不要转移话题。你知道 Wi-Fi 自动连上了意味着什么吗？这个 iPad 我可是第一次拿到夏礼家去啊。你说说，它的 Wi-Fi 为什么会自动连上呢？"我停了停，看着魏洁，魏洁并没有回答我的意思，我继续说，"这说明有人拿着它去过夏礼家啊。这个人除了你还会是谁？"

"你就是因为这个怀疑我的啊！我是拿 iPad 去过夏礼家，可我他妈不是去跟夏礼约会，我是去看时伊的啊。"魏洁气得脸都紫了。

按说，魏洁这个理由也圆得过去，毕竟夏礼、时伊、魏洁我们几个都是大学同学，魏洁和时伊还是闺蜜，前半年时伊怀孕在家待产，魏洁过去陪她也算正常。可魏洁分明还在抵赖，为什么呢？因为我还找到了别的证据，我想，这个证据足以证明魏洁出轨了。

"魏洁,看来你一点诚意也没有。我都说了我只是想和你心平气和地谈一谈。既然你这么不愿意承认,那我只好开诚布公了。"我还是尽量保持平静。

"我看你就是有病!你今天是不是吃错药了?"魏洁气冲冲地从沙发上站起来要走。

我拉住她,说:"坐一会吧,你听我把话说完。"

"你有屁快放,老娘没时间和你耗闲工夫。"魏洁极不情愿地重新坐下,但把脸别了过去。

"你知道刚才回来的路上,我为什么要看你的手机吗?你以为我是看你的通话记录?还是微信聊天记录?不,不是的,这些我都不看。我知道这些都没有,即使有也被你删掉了。那我看什么呢?"我问魏洁。

"有屁快放,老娘没工夫和你瞎猜。"魏洁显得越来越没耐心,表演也越来越拙劣了。

"好吧,那我实话和你说吧。我用你的微信打开了夏礼的朋友圈,你知道我发现什么了吗?夏礼在朋友圈发的每一张图片都能直接打开,一点也不卡。这说明什么?说明夏礼发的每一条朋友圈、每一张图片你都点进去看过啊,你随时都在关注他的动态,"我一边说一边看着魏洁,"没点过的图片总是要卡一会儿才能载入,点过的直接就能打开,魏洁,你说是不是呢?"

"我真是小看你了,你没去干私家侦探真是可惜了。"魏洁不由分说从沙发上站起来就走,我试图拉住她,没拉住。

"魏洁,你好好想想吧,我们都想想,是哪里出了问题……"我还在说着,但门"砰"的一声被魏洁关上了,我不知道她听没听见我的话。

魏洁走后，我一个人坐在空荡荡的房间里。我感觉这房间比任何时候都要更加空旷，心也像被掏空了一般。一阵从未有过的巨大孤独感铺天盖地地向我袭来。我不知道我们的婚姻会走向哪里？还是已经结束了？

这么坐下去不是办法，我得找个出口。我想去找我最好的朋友何君华谈一谈。我打电话约他到卓亚龙虾馆见面。

已经十分钟了，何君华就坐在我对面一刻不停地刷着朋友圈，甚至没来得及看我一眼，甚至没问我找他来做什么。

"你能不能先把手机放一放？"我问。

"等会儿，等我发完这条朋友圈。"何君华头也不抬地回答我。

一阵没来由的怒火突然从我心头喷涌而出，我抓起何君华的手机一把摔在地上。

何君华显然不知道刚才发生了什么，他低头看了看地上已经碎掉的手机，又抬头看了看我，一脸惊诧，一脸茫然。

将　军

那个时候将军还不是将军，将军只是一个毛头小伙。那年映山红开得漫山遍野的时候，将军他爹上山打柴，不小心跌落望海崖摔断了腿。将军家的日子就不好过了。将军他娘前年得了中风，卧床已经一年多，现在爹又摔断了腿，躺在家里动弹不得，里里外外就只能靠将军一个人。

将军却不气馁,专程请来大夫给爹娘看病,天天去镇上给爹娘抓药。

入秋的一天,将军去镇上给爹娘抓药却再也没回来。那天将军走到老刺槐的时候碰到国民党征兵,国民党的头头问将军是干什么的,将军说来镇上给爹娘抓药。头头说,抓什么药,同老子去捉共产党!将军不去,将军说爹娘还病在床上,要他照顾。头头一枪打在将军脚前的泥地上,灰尘扬起几米高。头头吼道:不去老子一枪崩了你!将军吓得尿了裤子,将军就被抓了壮丁。

等到将军再回骆驼坳的时候,爹娘早死了。那回他所在的连队吃了败仗,将军躲在碉楼里没挨枪子儿,被共产党抓了俘虏。将军心想,这下自己肯定死定了,按照他们处置俘虏的办法,不是被活埋就是被枪毙。可是共产党没有活埋他,也没有枪毙他,却把他们拉到一块空地上开会。共产党的头头说:你们不要怕,我们不杀俘虏。我知道你们都是被老蒋抓来当兵的,你们也是被迫跟着蒋介石打仗。现在,摆在你们面前的有两条路可以走。第一条,愿意投诚跟我们共产党干的,我们欢迎;第二条,不想打仗想回家的,我们发路费。共产党的头头说完,大家都站在原地不敢动。头头见大家这样紧张,又喊道:共产党说到做到,你们愿走哪条路,我们决不干涉!这回队伍里终于有胆大的喊了一句:我愿意跟共产党干!共产党的头头带头鼓起了掌,其他人也跟着鼓起了掌,陆陆续续有十几个人加入了共产党的队伍。

将军被抓壮丁出来已经好几年,心里日夜惦记着爹娘,将军就想回家。可是将军站着不敢动,共产党的头头看出了他的心思,给他发了路费。将军心里还是怯怯的,每走几步就回头看共产党是不是正端着枪瞄准自己。走出好远,将军才长出一口气,撒开腿疯了似的往前跑。

等到将军跑回家,家里的老屋早就垮了。将军只在南山上看到了爹娘的两个小坟头,还是村里王大伯带人给修的。将军扑通一声就跪在坟前……

爹娘死了,将军没了家。没了家的将军心想,共产党说话算数,不如回去跟着共产党干!擦干泪的将军头也不回地撵上了共产党的部队。

将军再回骆驼坳的时候,是几年后的春天,映山红比往年开得还要红,还要艳,将军作为副指挥参加了战斗。骆驼坳一带解放了,将军只在爹娘坟头上了一炷香,说了句——爹,娘,我还会回来的,就带着部队开走了。

1955年的时候,将军就成了将军。骆驼坳的乡亲们知道了将军授衔的事,欢天喜地,像过节一样,敲锣打鼓上南山祭拜将军的爹娘。可是将军自己却没回来,乡亲们知道,将军在北京当了大干部,日理万机,要处理的事情像田里的稗草一样多。

将军说:迟早我都是要回去的。说这话的时候是1975年,将军眼里噙满泪水。

将军终于回到骆驼坳的时候,是1985年的春天,距离将军成为将军已经过去整整三十年了。这一回,将军装在一个小小的盒子里,被一条长长的队伍安葬在南山上将军父母的坟下。

将军临死前的遗嘱只有一点请求:把骨灰送回家乡安葬,不去八宝山,不搞追悼会。

南山上添一座新坟时,又一年的映山红开得分外灿烂。